# FABIO **PEDRAZZI**

# UNA BRUTTA STORIA

### I CASI DI
### PAOLO ARCANTES

## CITTÀ IN GIALLO

PlaccBook
Publishing

*Autore:* Fabio Pedrazzi
*Titolo:* Una brutta storia
Edizione 2021
*Collana:* CITTÀ IN GIALLO
*Edito da:* Amazon EU per Placebook Publishing & Writer Agency Srls
*Digital designer copertina:* Fabio Pedrazzi
*Progetto grafico:* Placebook Publishing & Writer Agency Srls

**Scena uno**


Non faceva freddo quel Natale. A Roma non lo fa mai veramente. Ma l'odore delle caldarroste, dello zucchero filato e dei croccanti alle mandorle, facevano capire che la festa era appena cominciata.
Era il 26 dicembre, quando Sonia Marinetti, una ragazza carina, bionda, capelli lisci a mezza spalla e con una risata contagiosa, stava tornando da un giro a Trastevere con le amiche di sempre.
Stava camminando tranquilla, nelle orecchie le cuffiette e dentro, sparata a palla, una musica rap. Sulla testa un cappellino di lana rosso, che faceva contrasto con il piumino color ghiaccio.
Anfibi bassi color camoscio e jeans elasticizzati neri.
Stava camminando Sonia, camminava e canticchiava la musica che si stava sparando nelle orecchie.
Arrivata all'altezza di Vicolo Santa Rufina, due braccia forti la presero di peso e la trascinarono dietro le transenne.
I genitori di Sonia andarono alla Questura Trastevere verso le undici di sera. Vennero fatti accomodare nella stanza per le denunce persone scomparse.

# Scena due


Arcantes si alzò presto quella mattina.

Il giorno seguente sarebbe stato Capodanno.

Non avevano organizzato niente per la serata.

Niente cena con amici, niente locali, niente trenini a mezzanotte.

Niente. Solo lui e Giulia, a casa, tranquilli, ascoltando musica e bevendo un Prosecco millesimato… questo era sostanzialmente il programma.

Per la cena avevano deciso di fare poche cose: gamberi in sala rosa, prosciutto di Langhirano, un po' d'insalata di polpo e due spaghetti "ajo e ojo", di cui Giulia andava ghiotta.

La donna apparve sulla soglia della camera da letto mezza insonnolita.


«Ciao… che ore sono? E cos'è sta puzza?»

«Sono le otto e venti… e la puzza sono le mie uova con la pancetta»

«Dio… ti prego, vai sul terrazzo a mangiarle altrimenti vomito»

«Ma se ti piacciono…»

«Sì, ma non a quest'ora… mi lavo… vedi di far uscire l'odore per quando torno»


Arcantes la guardò un po' incredulo.

Prese il pentolino con le uova e i pezzetti di pancetta e li tolse dal fuoco. Mise il tutto in un piattino, prese una forchetta, un pezzo di pane e uscì sul terrazzo.

«Arcantes… Paoloooooooo… ma dove sei?»
«Qui fuori»

Giulia andò verso la porta finestra e vide il marito,
seduto su di una delle sdraio verdi, con il piatto in
mano… intento a mangiare le sue uova.

«Ma sei scemo? Entra che ti prendi una congestione
co 'sto freddo»

Arcantes la guardò sempre più incredulo.

«Guarda che mi hai detto tu di venire qui a mangiare»
«Non me lo ricordo… comunque entra, adesso non
puzzano più… ti muovi che sto morendo di freddo
con la finestra aperta?»

Andarono in cucina e si sedettero, ognuno al proprio
posto. Arcantes versò un po' di caffè nella tazza di
Giulia, aggiunse del latte freddo e le avvicinò il piatto
dove c'era la crostata di fragole fatta da Cesira.
Giulia ne prese una fetta e la inzuppò… quando tolse
il pezzo di torta dalla tazza, la punta della fetta si
staccò e cadde nel caffelatte. Schizzandola.

«Ma porca troia…»

Arcantes la guardò e sorrise.

«Che ti ridi?»
«Sei buffa»

«Piantala… non è giornata»
«L'ho visto… ma vedrai che tra un'oretta andrà meglio»
Giulia gli grugnì qualcosa… prese un cucchiaino e recuperò la punta della fetta di crostata dalla tazza.
In effetti, circa un'ora dopo, l'umore di Giulia era migliorato.

«Che ne dici di fare due passi?»
«Adesso?»
«Ma no… lasciamo passare le feste… diciamo verso metà febbraio…»

La donna ridacchiò e posò il libro che stava leggendo. Si alzò dal divano e andò verso il marito. Lo baciò sulla bocca e gli sorrise.

«Cambiati dai… voglio andare a fare un giro tra le bancarelle di Trastevere, devo prendere qualcosa per Clarissa e Teocoli… te movi?»

**Scena tre**

La notte di San Silvestro passò tra fuochi d'artificio, botti e stelle nel cielo. Verso le due del mattino, Monica Settembrini stava tornando a casa.
Era stata a una festa.
I genitori l'avevano lasciata andare con la promessa che fosse riaccompagnata a casa.
Ma non andò così. Quando la ragazza si rese conto che il meno sbronzo stava vomitando in una scarpiera, decise di tornare a piedi, in fondo erano solo pochi isolati… mezz'ora e sarebbe stata nel suo letto.
I vicoli di Trastevere erano ancora affollati e le luminarie rischiaravano la notte. Rischiaravano tutto, tranne un breve tratto dove non c'erano né negozi e né luci.
Monica si senti sollevare di peso e trascinare verso un'auto. Una violenta sberla la colpì sul viso.
Perse i sensi.
I genitori della ragazza entrarono in Questura verso le sei della mattina… per denunciare la scomparsa della figlia.

## Scena quattro


La mattina del primo gennaio, la questura Trastevere era quasi deserta. Il piantone stava sbadigliando quando il Vicequestore Marino Capobassi entrò nell'atrio.


«Buongiorno Caruso… sistemati l'uniforme dai… sembri uno scappato di casa»
«Subito signor Vicequestore»
«Mariani c'è?»
«Sì signore… è nel suo ufficio»
«Bene… fammi portare del caffè per cortesia… e dì a Mariani di venire da me»
«Subito signore»


Capobassi entrò nel suo ufficio e si mise alla scrivania. Qualcuno bussò.


«Entra Mariani…»
«Signor Vicequestore, non sono Mariani…»
«De Luca… entra entra… dimmi»
«Non so se può essere importante, ma ci sono due denunce di scomparsa che mi lasciano perplesso»
«Cioè?»
«Due ragazzine, diciassette anni entrambe… una scomparsa il ventisei dicembre, l'altra questa notte»
«Scappate di casa?»
«I genitori dicono che è impossibile… in entrambi i casi sembra si tratti di due brave ragazze»

«Sì, vabbè… dicono tutti così… vedi di sapere qualcosa di più e tienimi informato, solita trafila, dirama le foto… eccetera»

L'Agente De Luca uscì.
Capobassi si mise a tamburellare con le dita sulla scrivania.

"Due in quattro giorni… mah…"

Aprì una cartellina rosa e si mise a leggere un rapporto della Scientifica.
Ribussarono alla porta. Questa volta era Mariani.

«Entra Giorgio… siediti, ti volevo dare il rapporto autoptico dell'omicidio Granaderi… tieni, qui c'è anche quello della Scientifica… passato bene il fine anno?»
«A casa, con la famiglia… come al solito e tu?»
«Lo stesso… fammi un favore, vedi se Caruso ha ordinato il mio caffè per favore»
«Ok… buona giornata»

Mariani uscì e si chiuse la porta alle spalle.
Bussarono di nuovo.

«E che cazzo… mo chi è? Avanti!»

Giulia e Arcantes fecero capolino dalla porta.

«È un brutto momento?»

«Ciao Giulia… Paolè… no no, è solo che è la terza volta che bussano… lascia perdere… come mai qui? È successo qualcosa?»
«No… ti abbiamo portato la colazione… caffè e cornetto caldo… e un pupazzetto di zucchero a forma di poliziotto»

Capobassi guardò Giulia e sorrise.

«Grazie… stamattina ne avevo proprio bisogno…»
«Rogne?»
«Quelle sempre Paolo… ma c'è una cosa che mi da fastidio e non so cos'è… a parte la sparizione di due ragazze di diciassette anni, proprio qui… a Trastevere»
«O cavolo»
«Non so che peso dare alla cosa… in genere tornano nelle ventiquattro ore successive la scomparsa… a volte non tornano più… quando succedono ste cose sono sempre in difficoltà»
«Capisco… vabbè dai, noi togliamo il disturbo… riprendiamo il cazzeggio… ci vediamo… saluta Rebecca e i ragazzi»

Capobassi fece un cenno affermativo con il capo e inzuppò il cornetto nel caffè.

## Scena cinque

Il sei gennaio, verso le diciotto, Marina Codispoti stava andando in piazzetta per vedersi con alcuni amici. Sedici anni, mora, capelli a caschetto, occhi verdi e un sorriso simpatico.
L'appuntamento se lo erano fissato su WhatsApp… tramite la chat di gruppo.

Marina: sto arrivando dieci min
Lucia: tranqui mancano ancora Giorgia e Luca
Marina: ok

Mise il cellulare nella tasca del giubbotto.
Si rimise le cuffiette e tornò ad ascoltare la musica della compilation che aveva scaricato.
All'altezza di Vicolo Santa Rufina si sentì sollevare di peso. Una mano le tappò la bocca.
Fu trascinata dietro delle transenne e poi… il buio.
Non vedendola tornare a casa… i genitori andarono in Questura verso le dieci di quella sera, dopo che tutti gli amici della figlia gli avevano detto che non si era vista in piazzetta.

# Scena sei

Quella mattina faceva freddo. Il cielo era bianco e un vento di Tramontana stava spazzando Roma. Capobassi era nel suo ufficio e stava sistemando dei moduli.
De Luca bussò.

«Avanti»
«Signore mi perdoni… ma ora sono tre!»
«Quando l'ultima?»
«Ieri sera, verso le dieci»
«Perché non sono stato informato subito?»
«Il collega non lo sapeva, me lo ha detto appena ho montato di servizio… mi sono permesso di portarle i fascicoli delle denunce…»
«Grazie De Luca… ottimo lavoro… ah, senti… convoca i genitori di tutte e tre le ragazze, li voglio qui il prima possibile»
«Subito signore»

Circa due ore dopo, in sala riunioni, Capobassi salutò i genitori delle ragazze.

«Buongiorno… anche se capisco che non lo è… però ho necessità di parlarvi… allora, le vostre figlie sono scomparse qui, a Trastevere…»

I genitori, sgomenti, si guardarono in faccia.

«Adesso andrete in tre stanze separate e direte al

collega incaricato tutto quello che vi chiederà… poi ci rivediamo qui, insieme… avete capito?»

Un'ora dopo si ritrovarono tutti nella sala riunioni. Capobassi lesse i vari verbali e guardò quelle persone… distrutte dall'ansia e in preda alla paura e all'angoscia.

«Ok… per prima cosa non sono stati ritrovati corpi… e questa è una buona cosa… vedo che tutte e tre le ragazze frequentano l'Istituto Alberghiero che sta qui dietro… non vi siete mai visti prima?»

La madre di Marina fece cenno di no con la testa… e anche gli altri negarono di essersi mai conosciuti.

«Stessa scuola e non vi siete mai incrociati?»
«Non è strano… ormai sono grandi e a scuola ci vanno da sole… poi credo che frequentino indirizzi diversi, quindi professori differenti… non è strano»

La mamma di Sonia si mise a piangere. Capobassi sospirò e chiuse la cartellina con i rapporti.

«Va bene, per adesso abbiamo finito… tornate pure a casa, ma se venite contattati o ricevete telefonate strane… lo voglio sapere subito… vi metteremo i telefoni sotto controllo… è giusto che lo sappiate…»

I genitori uscirono dalla sala riunioni e andarono verso l'uscita della Questura. In strada, si fermarono a parlare tra loro.

Una leggera pioggia, mista a nevischio, cominciò a cadere... bagnando le angosce di quelle madri e di quei padri.

## Scena sette

Tutte le volanti avevano sul cruscotto le foto delle tre ragazze. Era stata allertata anche la Polizia Municipale. Le luminarie del Natale e gli addobbi dei negozi erano stati tolti. Le feste erano terminate.
Verso le dodici e trenta, nella vecchia trattoria, in fondo a via della Lungaretta, alcuni avventori cominciarono a entrare. Il locale era piccolo e apriva solo per pranzo… a cena solo su prenotazione. I clienti erano per lo più operai o impiegati che lavoravano in zona.
Giada era una ragazzina di sedici anni e frequentava le scuole serali per poter aiutare i genitori in cucina… come lavapiatti… e a volte serviva ai tavoli quando la trattoria era piena… come quel giorno all'ora di pranzo.
La ragazza sentì il padre che la stava chiamando…

«Vieni qui… servi ai tavoli svelta»
«Eccomi»

Prese i piatti delle ordinazioni e cominciò a servire gli avventori.
A un uomo, sulla cinquantina, barba lunga di qualche giorno… grosso, con la fronte bassa… posò sul tavolo un piatto di rigatoni all'amatriciana.

«Poi le porto il secondo… cos'ha ordinato?»
«Scaloppine al vino… come mai che non t'ho mai vista?»

«Di solito sto in cucina, un po' aiuto mamma e un po'
lavo i piatti… vado che se no mio padre mi sgrida»

L'uomo la guardò allontanarsi… e sorrise.
Finita la pasta, Giada gli portò le scaloppine. Fece
per allontanarsi dal tavolo, ma l'uomo la fermò
prendendole la mano sinistra.

«Come ti chiami?»
«Giada»
«Bel nome»

L'uomo lasciò andare la mano della ragazza, che tornò
in cucina.

## Scena otto

Le lezioni della scuola serale finirono verso le undici.
Faceva freddo quella sera e il nevischio che era sceso
per tutto il giorno, si stava trasformando in neve.
L'acciottolato dei vicoli di Trastevere era bagnato
e scivoloso. Giada guardò l'ora sul cellulare, poi lo
rimise nella tasca del giubbotto e affrettò il passo.
Una mano le tappò la bocca e sentì un forte odore di
medicinale… poi svenne.
Un uomo la caricò su di una Fiat Panda bianca e partì.
I genitori si recarono in Questura verso le tre del
mattino. Il telefono della ragazza risultava sempre
spento… e non aveva mai fatto tardi dopo la scuola.

**Scena nove**

«No cazzo… adesso è troppo! Un'altra?»

Capobassi era infuriato. Il senso di colpa di non essere intervenuto alle prime due scomparse lo rendeva nervoso e fragile.
Chiamò Mariani e De Luca.
I due uomini entrarono insieme nell'ufficio del Vicequestore.

«Ormai è chiaro che siamo di fronte a un cazzo di maniaco… ma non possono sparire nel nulla quattro ragazzine… porca di quella troia»
«Come ci dobbiamo muovere?»
«Non lo so Giorgio… non lo so… intanto vediamo se anche questa frequentava L'Alberghiero…»

De Luca alzò la mano.

«No signore… mi sono informato subito all'atto della denuncia…»
«Ma l'hai presa tu questa notte?»
«Sì, ero di turno»
«E che ci fai qui adesso? Vai a casa… che sarai stanco»
«Se permette, signore… vorrei restare per dare una mano… ho una figlia della stessa età delle ragazze…»

Capobassi lo guardò e fece un cenno di assenso.

«Va bene… istituiamo una squadra che lavorerà solo

su questo caso… che ha la priorità su tutto… su tutto… ci sono quattro ragazzine là fuori… e sono certo che sono vive… tu De Luca fai indagini sulle famiglie, voglio sapere ogni cosa… movimenti bancari, eventuali debiti, corna… tutto… voglio sapere anche se scoreggiano… Giorgio tu vai per strada, parla con i compagni, gli amici, i conoscenti… ci deve essere qualcosa che le collega, oltre alla scuola»
«Va bene signore»
«De Luca, per favore… non rompere i coglioni co sto signore… io sono Marino, lui Giorgio e tu Massimo… chiaro?»
«Chiaro»

## Scena nove

Roma si era svegliata sotto un cielo plumbeo.
Una fitta pioggia stava bagnando i tetti di Trastevere e
i sampietrini erano lucidi e neri.
Il camioncino della nettezza urbana stava facendo il
suo giro.
Arcantes, dopo aver fatto colazione con Giulia e averla
salutata mentre usciva per andare a lavorare, si vestì e
scese in piazzetta.
Andò nella piccola tabaccheria in fianco a Il Rugantino.

«Il solito, dottò?»
«Il solito… grazie Oscar»
«Tempaccio»
«Già»

Arcantes prese la stecca di Garibaldi e andò verso il
chiosco del giornalaio.

«Luigi, buongiorno… che per caso Ottaviano ha già
preso Il Messaggero?»
«No dottò… sono le otto e dieci, lui prima delle nove
nun se vede»
«Ok, lo prendo io e glielo porto salendo a casa»
«Ecco dottò… me saluti la sua signora»

Arcantes fece un cenno con la mano e andò verso il
portone di casa. Entrò nell'androne e si diresse verso
la guardiola.

«Ottavià… er giornale… te lo lascio sul tavolo»

Dalla piccola cucina uscì Cesira.

«Buongiorno dottò… l'omo mio sta pe' scenne…
sempre gentile… se vede che è proprio un signore lei»
«Ciao Cesì…»

Sorridendo, Arcantes andò verso l'ascensore.
Il cellulare vibrò e poi squillò.

«Oh, Marino… dimmi tutto»
«Puoi venire in Questura? Adesso»
«Arrivo»

Dieci minuti dopo, bagnato e gocciolante, varcò il
portone del Commissariato.

«Sempre senza ombrello eh…»

Arcantes guardò il piantone e lo mandò affanculo
sorridendo.
Salì al primo piano e bussò alla porta dell'ufficio del
Vicequestore.

«Avanti»
«Oh, Marì… che è successo? C'hai 'na voce»
«Siediti Paolo… siediti… hai già preso il caffè?»
«No, stavo giusto salendo a casa a farlo»

Capobassi chiamò l'attendente e gli disse di far portare
due caffè dal bar. Poi, guardò l'amico.

«Mi dici che hai?»

«Una brutta faccenda… molto brutta»

«T'ascolto»

«Di quello che ci diciamo qui non esce niente… intesi?»

Arcantes lo guardò e fece un cenno di assenso con il capo.

«Sono sparite quattro ragazzine nelle ultime tre settimane… tutte qui, a Trastevere… sedici e diciassette anni… non abbiamo idea di dove sono finite… mi serve che mi dai una mano»

«O cazzo… certo, che devo fare?»

«Guardati in giro, annusa l'aria… vedi se noti qualche movimento strano… qualunque cosa… non mi do pace Paolè, non ci dormo la notte»

«Mica è colpa tua»

«Non lo so… forse… ma se fossi intervenuto dopo la seconda scomparsa, magari…»

«Oh Marì… mo basta, concentriamoci sul caso e falla finita… puoi darmi i fascicoli?»

«Sì sì… ci avevo già pensato, queste sono le fotocopie… ho messo in piedi una squadra dedicata, ma un occhio in più fa sempre comodo, anche perché non so come muovermi, a parte le solite procedure del cazzo»

«Ok, dai… mi muovo subito… senti, che resti tra noi…»

«Sì, ho capito… fatti aiutare da chi vuoi, digli di non fare cose di cui non posso mettere pezze, poi per me li può anche annegare tutti»

«Perché dici tutti? Non pensi sia un maniaco?»

Capobassi, occhiaie profonde e faccia tirata, guardò Arcantes.

«So vecchio de ste cose… non spariscono quattro ragazzine senza trovare nemmeno un corpo… le stanno tenendo prigioniere… e un uomo solo, la vedo difficile»

Arrivarono i caffè.
I due amici li bevvero lentamente, quasi a esorcizzare il tempo che stava passando… sapendo che il tempo, era il loro peggior nemico.
Uscito dalla Questura, Arcantes chiamò Teocoli.

«Ciao… sono al lavoro»
«Lo so… non fare sempre lo scorbutico… c'è un'emergenza»
«Quale?»
«Non per telefono, vengo in ufficio da te»
«A dopo»

"Rustico 'st'omo…"

Dopo un'ora nel traffico, Arcantes arrivò alla Image Production, parcheggiò la Delta nera e fece per aprire la portiera… quando sentì bussare al vetro del passeggero.
Teocoli era lì.

«Apri che piove»
30

«Subito capo»

«Allora, cos'è 'st'emergenza?»

«Sono scomparse quattro ragazzine a Trastevere… Marino non sa che fare, ha creato una squadra dedicata… ma non sta avendo risultati»

«Da quanto sono sparite?»

«La prima tre settimane fa… il ventisei di dicembre… l'ultima mi sembra ieri notte»

«E mi avvisi adesso?»

«L'ho saputo adesso Teo… un'ora fa»

«Va bene… sistemo due cose in ufficio e vediamo che fare»

Teocoli si girò verso Arcantes… aveva il viso serio dei momenti in cui si ricordava di chi era stato.

«Regole d'ingaggio?»

«A parte che non siamo in guerra… comunque Capobassi ha detto che hai carta bianca, basta che non fai cose a cui non può mettere una pezza»

Teocoli sorrise, con quel suo sorrisetto beffardo e un po' maligno.

«Ho capito… ci vediamo qui tra due ore»

«E io che faccio nel frattempo?»

«Ti fumi un sigaro, ascolti jazz e non muovi un dito… dobbiamo mettere in piedi una rete di informatori, ma se ti vedono da solo…»

«Ok ok… posso andare a salutare mia moglie?»

Lo disse ridacchiando. Martino Teocoli lo guardò male, poi, sorrise.

«Vai, il tuo pass è all'entrata»

## Scena dieci

«Posso?»
«Dottor Arcantes… prego si accomodi, Giulia è giù alle sale posa… la chiamo subito»
«Se ha da fare non fa niente, era solo per un saluto»
«No no, avrà quasi finito… aspetti»

Patrizia prese il telefono interno e fece una chiamata rapida.

«Giulia… tuo marito è qui… ok… sì sì, lo facci aspettare»

La ragazza posò il ricevitore e guardò Arcantes.

«Arriva tra dieci minuti… vuole un caffè?»
«Magari… sta mattina è una di quelle dove mi serve caffeina»

Patrizia si alzò e andò in corridoio verso il distributore automatico. Arcantes si guardò in giro. L'ufficio di Giulia non era mai stato così ordinato.

"E brava Patrizia…"

Poi, andò verso la finestra e guardò fuori. La pioggia non dava segno di voler smettere.

«Ecco il caffè ed ecco sua moglie…»

«Cia Paolo… come mai qui?»
«Passavo… mi è venuta voglia di vederti»

Giulia lo guardò inclinando la testa verso destra. Sorrise e andò nel suo ufficio. Arcantes la seguì e chiuse la porta alle sue spalle.

«Ok… dimmi perché sei qui»
«Mi serve Teocoli per un po' di tempo»
«Perché? Lo sai che non devi impicciarlo nei tuoi casini»
«Sono scomparse quattro ragazzine a Trastevere… e Marino non sa dove sbattere la testa… mi ha chiesto di aiutarlo»
«E tu hai pensato a Teo… come al solito»

Arcantes si grattò la testa e guardò Giulia.

«È importante… non lo avrei fatto se non lo fosse davvero»
«Sì sì, capisco… va bene, tanto per come ha organizzato le cose qui non entra nemmeno una zanzara… sparisci va… ci vediamo a cena… torni per cena vero?»
«Non lo so, te lo faccio sapere»

## Scena undici

Verso le dieci di sera, al primo piano di un vecchio palazzo nei pressi di Piazza Navona, due coppie, distinte, formali ed eleganti, suonarono al campanello di un grosso portone in legno.
Un uomo, abbastanza anziano, in divisa da maggiordomo... aprì.

«Buona sera... i cellulari... per favore»

I due uomini e le due donne misero i cellulari, spenti, in un cestino che era posizionato sopra a un tavolino del Settecento, attaccato alla parte destra dell'ingresso.

«I cappotti potete darli alla guardarobiera»

Dietro il maggiordomo apparve una ragazzina... giovanissima... completamente nuda, con indosso solo un grembiulino nero e una crestina bianca tra i capelli.
Presi i soprabiti si girò e andò verso la stanza guardaroba. Sul sedere si potevano vedere evidenti segni di bacchettate.
Le due coppie vennero accompagnate in una grande sala da pranzo. Il soffitto era completamente affrescato.
La tappezzeria alle pareti era di un rosso pompeiano... quattro enormi finestre erano chiuse da degli scuri in legno e nascoste da enormi tendoni color panna, che scendevano fino a terra. Al centro della sala, un tavolo in noce antico, perfettamente apparecchiato... per

cinque persone. I segnaposti indicavano che le due donne avrebbero cenato alla sinistra del capotavola, mentre i due uomini alla destra.

Una doppia porta si aprì. Uscì un uomo, di un'età indefinita. Alto, magro, vestito con un completo nero e… un cappuccio in testa.

Batté le mani due volte.

Un'altra ragazzina, nuda, con addosso solo un grembiulino nero e una crestina bianca tra i capelli, arrivò nella grande sala spingendo un carrello da portata, con sopra alcuni piatti. Erano gli antipasti: ostriche, vaschette di caviale iraniano con gambi di sedano bianco e crostini di pane.

La ragazza cominciò a servire a tavola, partendo dall'uomo incappucciato, poi si spostò verso le due donne. Quando fu vicina alla moglie dell'Onorevole Manlio Portacchi, Donata Mariani le mise una mano sulle natiche, per poi infilarsi tra le sue parti intime. La ragazza si fermò ed ebbe come un singulto.

«Beh… che hai? Su su… muoviti a servire i nostri ospiti»

La voce dello chef si fece sentire dal corridoio.

La ragazzina appoggiò il piatto con le ostriche davanti alla moglie dell'Onorevole e poi fece lo stesso con Germana Castoldi, compagna di Ernesto Mantovani, imprenditore nel settore metalmeccanico. Poi, la giovane, servì i due uomini, che non esitarono a palpeggiare vistosamente la ragazzina mentre stava mettendo i loro piatti sul tavolo.

Finito il suo lavoro in sala, Monica Settembrini uscì dalla sala da pranzo e andò in cucina per preparare il carrello per i primi piatti.

«Ti muovi con quella pasta?»
«Sì chef… arriva subito»

Sonia Marinetti scolò le tagliatelle e le mise in una padella, dove lo chef stava preparando un sugo a base di pomodorini freschi. Nel fare questo movimento, un paio di fili di pasta caddero sul piano cottura.
La ragazza divenne rossa in viso. Anche lei era completamente nuda e addosso aveva solo un grembiule bianco.

«Mi scusi chef, pulisco subito»

L'uomo le si avvicinò. Un violento schiaffo raggiunse il viso di Sonia. Poi la prese per i capelli e l'allontanò dai fuochi della cucina.

«Sei una cretina… questo ti costerà dieci frustate su quel culo da papera che ti ritrovi… che fai lì immobile, manteca la pasta e impiatta… svelta!»

Sonia eseguì l'ordine… mentre copiose lacrime le scesero sulle gote.
Monica tornò in sala per togliere i piatti vuoti. Subendo una serie di palpeggiamenti durante tutta l'operazione.
Tornò in cucina e mise i piatti dei primi sul carrello.

«Resta qui… ci va Marina a servire»

Lo chef la prese per i capelli e l'allontano dal carrello.

«Tu… muoviti… e levati il grembiule»

La ragazza se lo tolse e andò verso la sala, completamente nuda.
Servendo, venne palpata sui seni, tra le gambe e sulle natiche.
In cucina, lo chef stava gridando a Giada che, nuda, stava lavando i piatti degli antipasti.
La prese per un orecchio e le diede un ceffone in faccia.
A fine cena, tutte e quattro le ragazze furono portate in sala da pranzo e vennero stuprate… sia dai mariti che dalle loro signore.
Fu un'orgia violenta, cattiva e perversa.
Quando ebbero finito, le giovani vennero portate nella loro piccola prigione.
Gli ospiti, ebbri di quel sesso proibito e mezzi ubriachi… lasciarono l'appartamento di quel vecchio palazzo nei pressi di Piazza Navona.

# Scena undici

Il clima, a Roma, in quei giorni si era fatto ancora più freddo. Aveva smesso di piovere ma il cielo non prometteva niente di buono.

La notizia della scomparsa delle quattro giovani era trapelata ai giornali, che stavano facendo a gara a chi usciva con il titolo più raccapricciante.

Trastevere aveva paura. I genitori non lasciavano più sole le figlie. In piazzetta non c'erano più i gruppetti di ragazze e ragazzi che ridevano e chiacchieravano.

Un'ombra cupa e pesante stava avvolgendo uno dei luoghi più allegri della capitale.

Teocoli stava cercando notizie tra i suoi informatori...

Arcantes si stava preparando a un servizio sotto copertura.

Matilde Carriso, attrice di successo e compagna del senatore Giovanni Spatanò, sarebbe stata ospite in una festa esclusiva, organizzata dalle Dame della Carità, per una raccolta fondi a scopo benefico.

Il grande salone di Palazzo Mainardi, in centro a Roma, dietro Fontana di Trevi, era illuminato a giorno da enormi lampadari in cristallo.

Un brusio, leggero ma continuo, era accompagnato dalle note morbide di un'orchestrina jazz.

Germana Castoldi e Donata Mariani, stavano amabilmente chiacchierando con una coppia...

Giacomo Bertoli e Ambra Chiaromonte... marito e moglie.

Lui, proprietario della più grossa impresa di costruzione

della città e lei, top manager di una multinazionale che si occupava di farmaci.

Arcantes, vestito da cameriere, si era imbucato alla festa grazie al suo amico Giorgio, che era stato incaricato per il catering.

Passando tra gli ospiti, Arcantes stava filmando con la microcamera che aveva sugli occhiali.

«Ma davvero siete andati a una cena dell'Incappucciato? Pare sia la prima volta che la fa a Roma…»
«Sì cara… che esperienza! Adrenalina alle stelle… ragazzine nude che ti servono a tavola… sono ancora tutta eccitata»

Ambra Chiaromonte guardò il marito sorridendo.

«Amore… vero che ci andiamo anche noi? Ti prego…»

L'uomo la guardò e le diede una pacca sul sedere.

«Avvicinare l'Incappucciato non è facile, nessuno sa chi sia… vedrò che posso fare»

La donna gli diede un bacio sulla bocca e prese una coppa di champagne, dal vassoio che Arcantes le stava porgendo.
Un uomo, alto, magro, con i capelli brizzolati e una mascherina nera sul viso, stava osservando la scena.

# Scena dodici

La questura di Trastevere era come un formicaio pulsante. Capobassi stava leggendo, per l'ennesima volta, i fascicoli delle giovani scomparse.
Il suo cellulare squillò.

«Ciao Marino…»
«Ciao Paolè… novità?»
«Forse, posso passare?»
«Mi trovi qui»

Dopo una mezz'ora, Arcantes era nell'ufficio del Vicequestore.

«Allora… dimmi tutto»
«Una cosa strana… ieri sera ero a una festa, stavo seguendo Matilde Carriso… sai chi è?»
«Sì… ma che c'entra?»
«Mo te lo spiego… in questa chiavetta c'è il filmato della serata… aspetta, te lo scarico sul PC e lo guardiamo»

Fatta l'operazione, Arcantes posizionò il cursore del video sul momento in cui si parlava della cena con il fantomatico Incappucciato.

«Cazzo… parlano di ragazzine… chi sono ste persone?»
«Ho fatto delle ricerche… una è Germana Castoldi,

compagna di Ernesto Mantovani, imprenditore nel settore metalmeccanico… la Mantovani SpA… l'altra è Donata Mariani, moglie dell'Onorevole Manlio Portacchi, che da quello che si capisce sono quelli che hanno partecipato alla cena di cui parlano… poi ci sono Ambra Chiaromonte e Giacomo Bertoli, palazzinaro… magari non c'entra nulla e si tratta solo di una porcata organizzata con squillo molto giovani, però un controllino lo farei…»
«Sono d'accordo… però voglio anche sentire il Preside dell'alberghiero, può essere che sappia cose che le famiglie delle ragazze non sanno o non ci hanno detto»

# Scena tredici

Verso le dieci e venti di quella mattina, Capobassi si fece annunciare al Preside dell'Istituto Alberghiero frequentato dalle ragazze scomparse.
Un uomo, sulla sessantina, distinto e ben vestito, lo accolse alzandosi in piedi da dietro la scrivania.

«Prego signor Vicequestore, si accomodi»

Marino si sedette e guardò l'uomo.

«Vengo subito a quello che mi interessa… ormai saprà che tre allieve del suo Istituto sono scomparse»
«Sì, purtroppo mi è giunta la notizia… come posso essere utile?»
«Avevano dei problemi particolari?»
«Che io sappia no… Marina, Sonia e Monica sono studentesse modello»
«Niente assenze ingiustificate… problemi di spinelli o cose del genere?»
«Mai avuto di questi problemi in questo Istituto»
«Sa se qualcuna di loro avesse un fidanzatino?»

L'uomo si mise più comodo sulla poltroncina.

«Vede signor Vicequestore… in genere non mi arrivano queste voci… sono ragazzi e ragazze in piena tempesta ormonale… e avendo classi miste, capirà bene che è difficile controllarli tutti… so che ci sono

stati episodi di sesso nei bagni, ma lo sono venuto a sapere in via ufficiosa… e ho lasciato correre»
«Capisco… un'ultima cosa… le tre ragazze, so che frequentano corsi diversi… può essere che si vedessero fuori dalla scuola?»
«Anche questo non mi è dato saperlo… oddio, abitano tutte a Trastevere… che le devo dire, può anche essere»
«Bene… la lascio ai suoi impegni, nel caso venisse a sapere qualcosa…»
«L'avviso subito… sono sempre a disposizione»

Capobassi uscì dall'ufficio del Preside e dalla scuola. Arcantes lo stava aspettando in strada. Quando lo vide arrivare, buttò il mozzicone del sigaro e lo guardò.

«Allora?»
«Bah… niente, solite cose… secondo lui sono studentesse modello e forse non si sono nemmeno mai viste… tu invece, come sei messo con le tre coppie?»
«Sì… ho fatto un po' di ricerche… le tre donne sono tutte Dame della Carità, un'associazione benefica che si occupa di giovani in difficoltà… irreprensibili componenti della creme romana… a parte quella frase riguardante la cena con le ragazzine nude, ovviamente»
«Che mi dici dell'Onorevole Portacchi?»
«Fa parte del gruppo misto… è un politico dell'ultima generazione, si è adoperato per far passare una legge che preveda pene più aspre per i reati di ecomafia… niente scheletri apparenti»
«Questo lo vedremo in altro modo… se è lì, qualche cosa da nascondere ce l'ha… e io voglio sapere cos'è… degli altri due, che mi dici?»

«Uno è il classico palazzinaro venuto alla ribalta negli anni novanta… è quello che ha costruito vari villaggi residenziali, centri sportivi e pare sia in lizza per la ristrutturazione di grandi aree dismesse di Roma… uno ammanicato… l'altro è il boss della più grande impresa meccanica della capitale… anche qui, niente pettegolezzi… sempre non tenendo conto della cena con le ragazzine»
«Dell'Incappucciato, hai saputo qualcosa?»
«Sì, ma no»
«Cazzo Paolo, spiegati dai»
«Ho saputo che nessuno sa chi sia, alle varie feste, si presenta sempre con una mascherina nera sul viso… nessuno lo conosce e nessuno ha mai sentito la sua voce… pare che comunica tramite dei pizzini»
«Ma il tuo amico del catering? Non sa niente nemmeno lui? Lo avrà visto qualche volta, no? In fondo è lui che organizza quasi tutte le feste»
«Sì, lo ha visto ma non ha mai avuto a che fare co 'sto tizio… però voglio riguardare tutto il filmato che ho fatto… magari in qualche fotogramma sullo sfondo, l'ho beccato»
«Ok… altra cosa… il tuo amico? Ha saputo niente?»
«Lo vedo dopo pranzo»
«Va bene… ci aggiorniamo questa sera»

Si salutarono e ognuno prese la propria strada.
Cominciò a piovere.

# Scena quattordici

Nel pomeriggio la pioggia smise di cadere, ma il cielo rimase grigio e cupo. Arcantes era davanti al PC, quando suonò il campanello di casa.

«Vieni Teo, è aperto»

L'uomo entrò e andò verso lo studio dell'amico.

«Vuoi qualcosa? Un caffè…»
«No, niente grazie…»
«Scoperto qualcosa?»
«Per ora niente… chi le ha fatte sparire è stato maledettamente bravo a coprire le tracce… a meno che non sono già in qualche bordello turco… ma non credo, secondo me sono ancora qui… e per qui dico Trastevere»
«Perché dici questo?»
«Se le avessero rapite per venderle, non avrebbero preso ragazze tutte dallo stesso posto… no, qui il nodo sta proprio nella scelta, ci deve essere qualcosa che le collega, qualcosa che non riusciamo a vedere… e questo mi fa terribilmente incazzare»
«Senti, già che sei qui… dammi una mano con sto filmato… l'ho girato l'altra sera, a una festa…»
«Sì… sì, lo so… dietro Fontana di Trevi… e non guardarmi così, me l'ha detto uno dei miei… continua»
«Lo rimando… vediamo se riusciamo a vedere un

uomo con una mascherina nera sul viso… sai quelle
mascherine alla Zorro?»
«Ho capito… fai andare»

Il video partì. I due uomini fissarono il monitor
attentamente.
Dopo mezz'ora di filmato, Teocoli mise un dito sullo
schermo.

«Ferma un po'… più indietro… eccolo qui, dietro le
due donne vestite di nero… puoi ingrandire?»
«Sì, aspetta che prendo il frame e lo apriamo in
Photoshop»

Fatta l'operazione, Arcantes sistemò la messa a fuoco,
modificò la struttura dell'immagine… e l'uomo con la
mascherina apparve abbastanza nitidamente.

«Eccolo qui il pezzo di merda… mando la foto a
Capobassi»

Teocoli memorizzò l'immagine sul monitor, poi diede
una pacca sulla spalla dell'amico e gli sorrise.

«Vado… devo passare da Clarissa, ha detto che non
sta molto bene e vuole tornare a casa»
«Ok, fammi sapere… ci aggiorniamo»

Arcantes guardò ancora una volta il monitor del PC,
poi, si alzò e accese un mezzo Garibaldi… osservando
48

il fumo delle prime boccate salire verso il soffitto di casa.
Prese il cellulare e chiamò Capobassi.

«Ciao Paolè... sì, l'ho vista la foto... purtroppo non si vede bene il viso e nemmeno la corporatura... comunque la teniamo bene in vista, anche se non sappiamo se c'entra qualcosa con le ragazze... ma volevi dirmi qualcosa?»
«Sì... un pensiero che mi rode ma non riesco a metterlo bene a fuoco»
«Che pensiero?»
«Perché l'Alberghiero? Hanno scelto una scuola a caso? C'è qualcuno nell'Istituto che ha indicato le ragazze da prendere? E perché la quarta non fa parte di quella scuola... ma lavora comunque nel settore ristorazione? C'è uno schema Marino... sento che c'è uno schema...»

Capobassi si mise a tamburellare con le dita sulla scrivania.

«Lo sai Paolo, che non hai mica detto una cazzata... ci lavoro su e ti so dire, ma potresti avere ragione»
«Ci aggiorniamo»

## Scena quindici

Le quattro ragazze, rinchiuse nella loro prigione, riuscivano a vedere il passare delle ore... solo da una piccola finestrella di circa trenta per trenta centimetri, messa quasi attaccata al soffitto. Il bagno era dotato di doccia, lavabo e tazza del gabinetto.
Asciugamani puliti gli venivano dati ogni tre giorni.
Il cibo veniva fatto passare tramite una finestrella nel muro. Qualcuno bussava e loro aprivano lo sportello. Una nicchia di circa cinquanta centimetri per cinquanta... e profondo una quarantina di centimetri e dall'altra parte uno sportello uguale a quello interno, ma sempre chiuso nel momento in cui prendevano il cibo o ciò che gli veniva passato.
Nella stanzetta c'era anche un piccolo frigorifero... niente cucina, niente posate, niente bicchieri di vetro. Alcune bottiglie d'acqua venivano consegnate sempre dalla nicchia del cibo.
Era stato detto loro, che in caso di necessità avrebbero potuto bussare alla piccola anta in legno e lasciare un biglietto con la richiesta... mai gridare, mai urlare... pena bacchettate sulle natiche o frustate.
Le ragazze, con le lenzuola, si erano create una sorta di vestito, per lo meno nella loro prigione non sarebbero rimaste nude.
Giada guardò Sonia... sulla caviglia sinistra le era colato del sangue.

«Cazzo... ha il ciclo... Monica... Marina, che facciamo?»

Sonia andò a sdraiarsi sul letto, si mise le mani sul volto e cominciò a piangere.

«Mo che fai?»
«Mi vergogno tanto, Giada…»
«Smettila… è quello che vogliono, umiliarci e farci perdere la nostra dignità»

Poi, la ragazza andò verso lo sportello e cominciò a batterci i pugni sopra…

«Sonia ha il ciclo… ci servono degli assorbenti… avete capito lì fuori?»

Dei passi si avvicinarono all'altra parte della nicchia.

«Chiudi… poi di questa bravata te la vedi con lo chef»

Giada chiuse lo sportello che venne bloccato da un catenaccio dalla parte esterna.
Dopo una mezz'ora sentirono bussare.
La ragazza aprì e trovo due scatole di Tampax, le prese e le diede a Sonia.

«Maledetti figli di puttana… nemmeno un paio di mutande… pezzi di merda»

Marina e Monica accompagnarono Sonia in bagno e lasciarono che si desse una sistemata. Giada tornò verso lo sportello e controllò che fosse aperto dalla loro parte… infatti lo era.

Poi, delicatamente, provò a spingere su quello dall'altra parte.

"È aperto!"

Lo socchiuse leggermente… riuscì, nella penombra, a vedere il maggiordomo… stava portando un vassoio con sopra una tazza fumante. Lo seguì con lo sguardo fin quando scomparve dietro una porta a doppio battente. Richiuse lo sportello e si mise sul letto.

«Non penserai mica di scappare vero, Giada?»
«Monica… dobbiamo comunque provare a fare qualcosa, non vorrai che finiamo i nostri giorni qui vero?»
«Lo sai che ci hanno detto che tortureranno quelle che restano…»
«Senti… gli serviamo vive e ben messe, senza lividi… a parte il culo rosso che sembra eccitarli… non vi faranno niente… e comunque ci uccideranno tutte una volta che non gli serviremo più… abbiamo visto in faccia tutti i loro maledetti ospiti… pensaci»

Monica si mise a piangere e abbracciò la giovane amica.

«Adesso non pensarci però… andiamo a dormire dai… Sonia si è tranquillizzata… domani mattina ci pensiamo»

## Scena sedici

Nella piccola stanza, le ragazze stavano dormendo…
tutte tranne Giada.
Andò in bagno, prese un telo di spugna e se lo mise
intorno alla vita, legandolo stretto. Poi prese un altro
asciugamano e se lo mise sul petto, legò bene anche
quello e andò verso lo sportello.
Aprì quello dalla loro parte e spinse leggermente
l'altro. Era ancora aperto.

"Il problema adesso è passarci…"

Infilò le braccia… si spinse con i piedi e cercò di inserirsi
nella nicchia. Il telo ai fianchi le stava impedendo di
fare i movimenti giusti… tornò indietro, si tolse i teli
e li buttò fuori dalla nicchia… poi riprovò a infilarsi
dentro. Senza orpelli passò giusta giusta.
Prese i teli, se li rimise addosso e si guardò in giro,
cercando di ricordare la disposizione delle stanze
che aveva visto durante la cena e quando erano state
portate in quella casa.

"Lì c'è la cucina… quella è la doppia porta da dove è
uscito il tizio incappucciato… da lì invece sono entrati
gli ospiti… dai Giada, coraggio…»

Andò nella direzione del corridoio.
Un grosso portone di legno, con una serratura interna
manuale, le sbarrò la strada.

"Cazzo cazzo cazzo… ha lo scatto elettrico… lo sentiranno!"

Si fece coraggio e pigiò sul piccolo tasto cilindrico della serratura in ottone.
Invece del solito scatto rumoroso, come quello della porta di casa sua… ci fu solo una vibrazione.
La porta si aprì e veloce s'infilò sul pianerottolo e scese due rampe di scale.
Appena fu in strada si guardò in giro.

"Dove sono? Dove cazzo sono?"

Faceva freddo quella notte, ma l'adrenalina che aveva in corpo non glielo fece sentire… nemmeno si accorse che stava piovendo a dirotto. Il vicolo era buio e mal illuminato, ma verso destra sentì del vociare… e vide della luce. Cominciò a correre… a piedi scalzi. Scivolò un paio di volte sui sanpietrini, si rialzò e tornò a correre.
Sbucò a Piazza Navona.
La luce blu dei lampeggianti di una Volante della Polizia, riflettevano sui marmi bianchi del monumento.
Giada la vide e si mise a correre ancora più forte.
L'auto rallentò ma non si fermò.
La ragazza, presa dalla disperazione, si tolse il telo dal petto e lo sventolò.

«Guarda quella matta…»
«Quale?»
«Oh, ma sei cieco? Quella lì… con le tette al vento co 'sto freddo»

«Sarà la solita tossica, lascia perdere...»
«Ferma dai... vediamo chi cazzo è»

Giada arrivò di corsa vero gli Agenti, che erano scesi dalla Volante. Appena li raggiunse abbracciò il primo che gli capitò a tiro.

«Sono Giada De Carli... una delle ragazze rapite... vi siete accorti che ci hanno rapite vero? Vi siete accorti?»

L'Agente si tolse il giubbotto di servizio e la coprì. La fece salire sull'auto e chiamò la Centrale.

«Volante nove a Centrale... Volante nove a Centrale»
«Dimmi Volante Nove»
«Abbiamo con noi una ragazza che dice di essere Giada De Carli, una delle ragazze scomparse... la foto diramata lo conferma»
«Portatela al Pronto Soccorso del Fatebenefratelli... avvertiamo noi del vostro arrivo»
«Roger... passo e chiudo»

Attivate le sirene, la Volante cominciò a correre verso l'Ospedale.
Capobassi venne avvisato subito dopo.
Dopo mezz'ora stava entrando al Pronto Soccorso.

«Sono il Vicequestore Capobassi... dov'è la ragazza?»

L'infermiere alla reception, gli indicò il corridoio.
I due Agenti che avevano trovato la ragazza stavano piantonando una porta.

«Signor Vicequestore...»
«È lì dentro?»
«Sì, penso la stiano vistando»
«Come sta?»
«Mezza assiderata... praticamente era nuda, aveva addosso solo un telo da bagno... e a piedi nudi... povera ragazza»
«Ha detto qualcosa?»
«Solo se sapevamo che erano scomparse»
«Quanto cazzo ci mettono?»

Capobassi si allontanò e chiamò Arcantes.

«Pronto...»
«Oh... Paolè... dormi?»
«Che ore sono?»
«Le tre e venti»
«Allora sì... dormo... che vuoi?»
«Una delle ragazze è riuscita a scappare... adesso è qui, al Pronto Soccorso del Fatebenefratelli...»
«O cazzo... arrivo subito»
«A far che... no no... resta a dormire ti aggiorno più tardi...»
«Scusa Marino... ma che cazzo me lo hai detto a fare?»
«Vado... sta uscendo un dottore»

Arcantes guardò il cellulare e mandò affanculo l'amico. Giulia si mosse nel letto... ma senza svegliarsi.

## Scena diciassette

La porta della stanza dove era stata ricoverata Giada, si aprì. Uscì un'infermiera.

«Sono il Vicequestore Capobassi... posso vedere la ragazza?»
«Ora viene la dottoressa Mancini... può chiedere a lei»
«Ma come sta?»
«Sempre alla dottoressa Mancini...»

La donna si allontanò, spingendo un carrello con sopra vari strumenti e ciotole di acciaio.
La dottoressa uscì e chiuse la porta alle sue spalle.

«Sono il Viceqes...»
«Sì sì... ho sentito tutto, venga con me, nel mio studio»

Andarono verso sinistra, nel corridoio. La luce dei neon dava all'ambiente un'atmosfera fredda... quasi tragica.

«Prego, si accomodi»

Entrarono e la donna si sedette alla scrivania... Capobassi su di una sedia di fronte a lei.

«Allora... la ragazza in linea generale sta bene, non

sembra abbia preso stupefacenti o cose del genere… è in stato di shock e leggermente in ipotermia»

«Ha subito violenza?»

«Il risultato del test antistupro lo avremo tra circa un'ora… ma a occhio le posso dire di sì… una brutta violenza… in tutti i sensi»

«Capisco»

«Ha anche dei segni, in via di guarigione, sulle natiche»

«L'hanno picchiata?»

«Più che altro bacchettata…»

«Bacchettata?»

«Sì purtroppo… pare abbia subito uno spanking piuttosto violento»

«Cos'è 'sto spanking… mi perdoni ma certi termini medici non li conosco»

La dottoressa Giovanna Mancini fece un lieve sorriso.

«Non è un termine medico… si tratta di una forma di punizione corporale»

«Ma porca puttana! Mi scusi…»

«No no… l'ho pensato anch'io quando ho visitato quella povera ragazza… chissà cos'ha passato… comunque abbiamo già avvisato la nostra psicologa, avrà bisogno di un sostegno… e anche i genitori»

«Sì, certo… grazie dottoressa… quando potrò parlare con Giada?»

«Non prima di domani in tarda mattinata, adesso è sedata»

Capobassi fece arrivare altri due Agenti per piantonare la stanza… e liberare quelli della Volante.

Uscì in strada, fece la salitina che portava al ponte sul Tevere e si accese una sigaretta. Guardò l'acqua, che lenta e limacciosa, portava con sé tutti i pensieri dei romani. Finì di fumare e andò verso il parcheggio dove aveva lasciato l'auto.
Guardò sul cellulare... controllò l'indirizzo dell'abitazione dei genitori della ragazza.

«Chi è?»
«Vicequestore Capobassi»
«Secondo piano»

I signori De Carli erano sul pianerottolo.
La mamma di Giada lo guardò con le lacrime agli occhi. Il padre gli fece cenno di entrare.

«L'abbiamo trovata... sta bene, adesso è al Fatebenefratelli, piantonata da due miei Agenti»
«Ossignore ti ringrazio...»

La donna si sedette e lasciò uscire tutta l'ansia che l'aveva attanagliata nei giorni della scomparsa della figlia.
Il padre, Carmine De Carli, aprì uno sportello della credenza e prese una bottiglia di cognac. Se ne versò due dita in un bicchiere e lo bevve in una sola volta. Poi, si rivolse a Capobassi.

«Ha detto che sta bene... perché è ancora in Ospedale? Possiamo andare a vederla?»
«È in stato di shock... ma vostra figlia è coraggiosa... è

lei che è scappata, due Agenti l'hanno trovata a Piazza Navona… infreddolita… ma incazzata»

L'uomo sorrise…

«Sì, è da lei… è trasteverina come la madre… dolcissima ma incazzosa… quando possiamo vederla?»
«La dottoressa che l'ha in cura, mi ha detto che per farla stare tranquilla l'hanno sedata… quindi dormirà fino a domani in tarda mattinata… domani… insomma, fin verso le dieci… vi passerò io a prendere… va bene?»

L'uomo fece un cenno di assenso.

«Ah, signora De Carli, le porti un cambio di vestiti, cose comode… potrebbe essere che debba restare in Ospedale un paio di giorni»
«Va bene… ma mi dica la verità… come sta?»
«Signora, io non l'ho vista… ma la dottoressa mi ha detto che sta bene… ci vediamo domani»

## Scena diciotto


Roma era sempre più plumbea. La pioggia continuava a cadere e il Tevere cominciava a ingrossarsi.
Verso le dieci e trenta, Capobassi e i genitori di Giada entrarono al Fatebenefratelli.
La dottoressa Mancini riconobbe il Vicequestore e lo salutò.


«Ma lei è ancora qui da stanotte?»
«Doppio turno, siamo a corto di personale… venite, vi porto da Giada»


La porta della camera si aprì e la ragazza si sedette appoggiando la schiena al cuscino.


«Mamma… papà…»


La signora De Carli strinse la figlia in un abbraccio quasi soffocante. Il padre la guardò con gli occhi umidi. Poi, si rivolse alla dottoressa.


«Posso parlarle?»
«Sì, certo… ci sarà anche una mia collega, venga, andiamo nel mio ufficio»


Arrivati davanti a una porta, la dottoressa li fece accomodare. Alla scrivania c'era una donna: Fabiana Siniscalchi, psicologa, specializzata sulle violenze ai minori.

Capelli ramati raccolti in una coda, occhi verdi, il viso con qualche lentiggine… e un sorriso rassicurante.
La voce, calma e profonda… quasi sensuale.
Il padre di Giada la guardò, poi guardò la dottoressa Mancini.

«Come sta mia figlia? E non girateci in giro per favore…»

La signora De Carli bussò ed entrò.
Fabiana le fece un sorriso, si alzò e si mise appoggiata alla scrivania.

«Vostra figlia fisicamente sta bene… gli esami sono tutti a posto… purtroppo ha subito una violenza sessuale piuttosto… antipatica»

Carmine De Carli strinse i pugni.

«Diciamo che supererà tutto… avrà bisogno di un po' si aiuto, ma ce la farà»

La signora Adele De Carli si fece scura in volto.

«Che tipo di violenza?»

Fabiana sospirò. Poi tornò a sedersi dietro la scrivania.

«Giada ha lo sfintere leggermente lacerato… è per questo che verrà trattenuta in Ospedale per qualche giorno… statele solo vicino, ora ha bisogno di tornare al più presto alla normalità»

Il padre si mise le mani sul volto. La madre lo guardò.

«Ho capito… Carmine, domani si riapre la trattoria… quando Giada tornerà dall'Ospedale deve trovare tutto come prima… adesso andiamo da lei, le ho detto che ti venivo a cercare»

## Scena diciannove

Il giorno seguente, con il permesso dei medici, Capobassi interrogò la ragazza. Le aveva portato una scatola di cioccolatini e dei pupazzetti di zucchero.

«Ciao Giada... te la senti di rispondere a qualche domanda?»
«Sì, certo... dobbiamo trovare le mie amiche... quelli sono degli schifosi pervertiti»
«Le troveremo... e presto se mi aiuti»

Giada si sedette meglio sul letto e guardò il Vicequestore.

«La notte che sei scappata... hai visto l'esterno del palazzo?»
«Sì... è in Vicolo delle Bollette...me lo ricordo perché ci sono passata con le mie amiche diverse volte»
«Bene, mi sai dire anche il numero civico?»
«No... non l'ho guardato... però è l'ultimo portone prima di arrivare a un ristorante...»

Due lacrime le scesero sulle guance.

«Le troveremo Giada... facciamo una cosa, prendi il mio blocchetto, tieni... e se ti viene in mente qualcosa lo scrivi qui, poi mi fai chiamare... ti va?»

La ragazza fece un cenno di assenso con il capo e gli sorrise.

Capobassi lascò dalla stanza e si avviò verso l'uscita dell'Ospedale.
Prese il cellulare sicuro e cercò un numero in rubrica.

«Oh, Marino, come mai su questo… e non dovevi aggiornarmi?»
«Solito bar, porta anche l'amico tuo… tra un'ora ce la fate?»
«Sì»

Verso mezzogiorno, i tre uomini erano seduti a un tavolino del locale. Teo volle prendere posto in modo che potesse vedere l'entrata.

«Cosa prendete?»

Arcantes guardò Teocoli.

«Vista l'ora, lui un panino al prosciutto… io uno spritz»

Capobassi fece cenno al cameriere di avvicinarsi e gli diede le ordinazioni: due aperitivi e un panino con una bottiglietta d'acqua frizzante.
Il bar stava cominciando ad affollarsi. L'odore dei panini alla piastra si stava diffondendo nell'aria.
Un televisore, attaccato alla parete, alternava videoclip musicali alle news.

«Come mai ancora niente dai TG sul ritrovamento della ragazzina?»

Il Vicequestore guardò Teocoli.

«Ho fatto bloccare la stampa e i media… non voglio
il solito circo intorno alla ragazza… deve stare
tranquilla»

Arcantes prese delle noccioline e le mangiò, poi
guardo Marino.

«Ok… siamo qui… che dobbiamo fare?»
«Primo, sia chiara una cosa, questo incontro non è
mai avvenuto… intesi?»
«Sì…»
«Bene…»
«Ok… ma come sta la ragazza?»
«L'hanno massacrata Paolo… ha lo sfintere lacerato…
l'hanno picchiata sulle natiche con una bacchetta e
non so che altro ha subito»
«Bastardi»

Capobassi, bevve un sorso di spritz.

«Allora, sappiamo dove era tenuta prigioniera la
ragazza… e crediamo che lì ci siano anche le altre…
ma non voglio fare irruzioni azzardate… perciò
dobbiamo essere sicuri che siano tutte veramente lì»

Teocoli addentò il panino e guardò Capobassi.

«A questo ci penso io… le regole d'ingaggio me le ha
già dette Arcantes… ora le chiedo: sono sempre le
stesse?»

Il Vicequestore bevve un secondo sorso dell'aperitivo.

«Le regole d'ingaggio non ci sono... non ufficialmente... basta che non vi trovino con la pistola fumante in mano»

Teocoli fece un sorrisetto.

«Bene, ti mando l'indirizzo sul telefono sicuro... il conto lo pago io... ci aggiorniamo»

Il Vicequestore se ne andò, lasciando i due amici a finire le loro ordinazioni.

«Che ne pensi Teo?»
«Che sono morti che camminano»

## Scena venti

Alle tredici e dieci, due clochard, si misero ai lati d'entrata di Vicolo delle Bollette.

Verso le diciassette, un uomo, di corporatura massiccia e barba lunga di qualche giorno… entrò nel portone dal palazzo dove c'era l'appartamento in cui erano rinchiuse le ragazze.

In mano aveva tre borse della spesa.

Aprì con le chiavi.

Il clochard all'angolo lo guardò passare e lo seguì con lo sguardo. Poi, seduto a terra sistemò meglio l'ombrello sopra di lui.

## Scena ventuno

Tornato in ufficio, Capobassi chiamò De Luca e
Mariani.

«Novità?»

Mariani era arrivato subito.

«Al momento niente… De Luca arriva subito, l'hanno
chiamato alla porta»
«Senti, dobbiamo scoprire se c'è un collegamento tra
le ragazze… sì lo so che abbiamo già indagato, ma
sento che ci è scappato qualcosa… riguardiamo bene i
fascicoli… prendili dai»

Mariano uscì e tornò subito dopo con quattro
cartelline.

«Eccoli»

Li aprirono e si misero a guardare i fogli e gli appunti
dell'indagine.
De Luca entrò quasi facendo sbattere la porta.

«Marino… vieni per favore»

Capobassi si alzò dalla scrivania e uscì in corridoio.
Di fronte a lui… una donna, sui cinquant'anni… in
lacrime.

«Sua figlia… Ilenia, è scomparsa da ieri sera… al momento non si è preoccupata, le aveva detto che sarebbe andata a dormire da un'amica e che sarebbe tornata dopo la scuola… non vedendola arrivare è venuta subito qui»
«Come si chiama signora…»
«Mirella… Mirella Solenghi, sono vedova, Ilenia non ha più il papà, è morto tre anni fa in un incidente stradale»
«Capisco… ha sentito l'amica di sua figlia?»
«Sì sì… e mi ha confermato che ha dormito da lei e che poi sono andate a scuola… frequentano l'Alberghiero tutte e due… per diventare chef»
«Quindi a scuola è arrivata?»
«Non lo so, Antonella mi ha detto che si sono lasciate al bar, dove vanno sempre per fare la colazione»
«Va bene signora, adesso torni a casa… la faccio accompagnare da una nostra vettura, appena sapremo qualcosa l'avviseremo…»

La donna venne affiancata da una poliziotta che la scortò fino a una Volante.
Capobassi rientrò in ufficio.
Guardò De Luca e Mariani e si mise a tamburellare con le dita sulla scrivania.

«Ne hanno persa una e ne hanno presa subito un'altra… significa che a breve ci sarà un'altra cena»

Qualcuno bussò.

«Posso?»

«Ciao Paolo… vieni vieni, stavamo facendo il punto…
è stata rapita un'altra ragazzina…»

Arcantes si sedette e prese il cellulare.
Fece delle operazioni e inviò sullo smartphone di
Marino alcune foto.

«Cosa sono?»
«Forse niente… ma forse qualcosa… sono state scattate
ieri sera, quello che vedi è un tizio che è entrato nel
portone indicato da Giada… guarda quante borse
della spesa ha in mano»
«Quattro… e sembrano anche belle pesanti»
«Appunto… mi sono informato, nello stabile ci sono
solo tre appartamenti, uno enorme al primo piano e
due più piccoli al secondo»

Il Vicequestore guardò le foto… poi, aprì la cartellina
del fascicolo di Giada e prese gli identikit.

«Guardate qui…»

I tre uomini si alzarono e si misero intorno alla
scrivania.

«Scusa Marino, mi dai un attimo il tuo cellulare?
Stampo queste immagini»
«De Luca, tu sei un genio… tieni»

Dopo cinque minuti, l'Agente tornò con delle copie
cartacee a colori.
Le misero di fianco al disegno in bianco e nero.

«È quello che la ragazza ha indicato come lo chef»

Mariani e De Luca assentirono.
«Tu che ne pensi Paolo?»

Arcantes guardò le immagini, si grattò la testa e fece un cenno di assenso con il capo.

«È lui… però non capisco una cosa… mi hai detto che hanno rapito un'altra ragazza»
«Quindi?»
«Quindi, o sono dei coglioni… e non lo credo… o hanno un disperato bisogno di averne quattro… ma perché? Cazzo, lo sanno che Giada può aver riconosciuto la casa…»

De Luca alzò la mano a chiedere la parola.

«Io invece penso che si sentono talmente sicuri da fregarsene… dobbiamo capire a chi lo chef ha portato la spesa… in quale appartamento…»

Capobassi sospirò.

«Senza almeno un sospetto, il giudice non firmerà mai un mandato di perquisizione… dobbiamo muoverci fuori dagli schemi»

Arcantes sorrise.

«Cominciamo a capire chi ci abita, poi vediamo come muoverci»

Il Vicequestore si alzò e appoggiò le mani sul tavolo.

«Bene... noi ricontrolliamo i fascicoli delle ragazze, non ci credo che non ci sia un punto di contatto... ci deve essere»

## Scena ventidue

Nel pomeriggio di quella giornata piovosa, Trastevere appariva quasi silenziosa.

Pochi turisti, pochi passanti… quasi a sottolineare la paura che serpeggiava tra i vicoli.

Arcantes, grazie a un suo amico geometra, entrò nel database del catasto.

Fece alcune ricerche, stampò i risultati e chiamò Teocoli.

«Dimmi»

«Nel palazzetto ci sono solo tre appartamenti… due relativamente piccoli al secondo piano e uno enorme, quasi trecento metri quadrati, al primo… io sono sicuro che dove tengono le ragazze sia proprio quello, anche perché Giada ha detto che ha fatto solo un paio di rampe… ma potrebbe anche ricordare male… dobbiamo trovare il modo di controllare l'appartamento più grande»

«Se entriamo e ci scoprono, le ragazze rischiano la vita… trova qualche altro modo»

Arcantes chiuse la telefonata e tornò a guardare i fogli del catasto.

Si accese un mezzo Garibaldi e andò in cucina a prepararsi qualcosa da mangiare… erano quasi le sedici e non aveva pranzato.

Mentre stava mettendo una fetta di prosciutto cotto in un panino… si fermò.

"Come cazzo si chiama il proprietario dell'appartamento al primo piano? ...Eccolo qui: Alfiero Castiglioni... perché mi dice qualcosa questo nome?"

Lasciò perdere il panino e chiamò Mariarosa.

«Arcantes Paolo... hai roba per noi?»
«No, forse tra un po'... nei meandri della tua memoria, ti dice niente il nome Alfiero Castiglioni?»
«Mi dice... che sei un grandissimo paraculo, chiami solo se hai bisogno»

Arcantes sorrise.

«Quanto avete fatturato con le mie foto l'anno scorso?»
«Quasi ottantamila euro, perché?»
«Bene... hai ottantamila ragioni per rispondermi»
«Stronzo... Alfiero Castiglioni era il padre di Marco Castiglioni, morto di overdose circa dieci anni fa... in effetti si dice che fu ammazzato per debiti di gioco... tanto che il padre, Alfiero, conte in rovina, vendette tutto quello che aveva in casa per pagare... ma evidentemente non fu sufficiente... serve altro?»
«Hai detto che Alfiero Castigioni è un conte?»
«Sì... oltre che stronzo sei anche sordo?»
«Ti adoro... alla prossima»
«Ma vaffanc...»

La telefonata si chiuse sulla parola culo.

## Scena ventitre

La mattina seguente, d'accordo con Capobassi, Arcantes si recò in Vicolo delle Bollette. Suonò al citofono del conte Castiglioni e aspettò.
Il clochard all'angolo lo guardò… e gli fece un sorriso.

«Chi è?»
«Sono uno studioso dei casati nobiliari di Roma… vorrei parlare con il conte Castiglioni»
«Aspetti»

Dopo qualche minuto, lo scatto elettrico del portone d'entrata gli fece capire che avrebbe potuto salire.

«Primo piano»
«Grazie»

Arrivato davanti a una grande porta in legno… suonò il campanello. Gli aprì un uomo, piuttosto anziano, vestito da maggiordomo.

«Il signor conte l'aspetta in biblioteca… mi segua»

Entrando, Arcantes si guardò in giro.
Un lungo corridoio divideva praticamente in due l'appartamento. Le porte a destra erano chiuse.
A sinistra, la prima porta dava sulla cucina… grande, ben attrezzata, sembrava quasi fosse quella di un medio ristorante.

Il maggiordomo si girò a sincerarsi che l'ospite lo stesse seguendo.
Arcantes gli sorrise e fece due passi svelti raggiungendo il vecchio.

«Signor conte... il suo ospite»

In fondo alla grande sala, con le pareti piene di librerie... seduto su di una poltrona a schienale alto... un vecchio. Capelli bianchi, viso tirato e magrissimo, occhiaie profonde e mani dove le vene sembravano voler uscire.
Guardò Arcantes e gli fece cenno di sedersi sulla poltrona di fronte alla sua.

«Mi perdoni se non mi alzo, ma con questo tempaccio mi fanno male le gambe... mi scusi, ma non ricordo il suo nome...»
«Infatti non l'ho detto... sono Arturo Demirali, studio le casate nobiliari di Roma, sto preparando un saggio che verrà pubblicato l'anno venturo»

Il vecchio diede due o tre colpi di tosse.

«Mi dica signor Demirali, cosa vuole sapere?»
«Signor conte, da alcuni studi, sono venuto a conoscenza della sua collezione di miniature fiamminghe... questa passione, da dove le è derivata?»
«Da mio nonno... e poi da mio padre... sono stati loro che mi hanno fatto appassionare all'arte fiamminga»
«Capisco... entrando in questa stanza, ho visto per

caso la cucina… molto grande per una persona sola»
«Caro mio… a parte che siamo in due, Goffredo, il mio maggiordomo vive qui, ha una camera con bagno… questa casa non è sempre stata vuota come la vede adesso… nel salone si facevano feste, dove partecipavano le più importanti famiglie di Roma… mi creda, era uno di quelli che chiamano: salotti buoni»
«E come mai non lo è più? Glielo chiedo perché ha detto… era…»

Il vecchio tossì di nuovo. Si tolse la copertina che aveva sulle gambe e la buttò per terra.

«Maledetto riscaldamento»
«In effetti fa un po' caldo»
«È per le mie ginocchia… sono malandate e il dottore mi ha detto che non devo prendere freddo… ma cosa stavamo dicendo? Ah, sì… era un salotto buono fino alla morte di mio figlio… da quella tragedia non ho più voluto stare in società… non so se mi spiego»
«Perfettamente… per caso ha a portata di mano l'albero genealogico della sua famiglia?»
«Certo… è appeso nella sala delle feste»
«Posso fotografarlo?»
«Sì… aspetti… Goffredo… Goffredoooo… quanto è diventato sordo»
«Il signor conte mi ha chiamato?»
«Porta il signor Demirali nella sala delle feste e fagli vedere dov'è l'albero genealogico»
«Subito signore… mi segua prego»

Arcantes seguì il maggiordomo. La microcamera negli occhiali stava registrando tutto.

Goffredo aprì una doppia porta e fece entrare Arcantes in una sala enorme. Al centro un grosso tavolo in noce. Sopra, tre vasi in cristallo messi equidistanti.

Fotografò con il cellulare il quadro e ringraziò il maggiordomo, che lo riaccompagnò dal vecchio padrone di casa.

«Bene signor conte... la ringrazio della sua squisita gentilezza, ma da un uomo raffinato come lei, non potevo aspettarmi altro... la lascio ai suoi impegni e le farò sapere quando uscirà il volume»

Alfiero Castiglioni alzò leggermente la mano destra, come a salutarlo.

Il maggiordomo lo accompagnò alla porta d'ingresso.

Arcantes guardò la serratura.

Scese in strada e fece un cenno al clochard.

## Scena ventiquattro

Nell'ufficio del Vicequestore Capobassi, tre uomini stavano ricontrollando, per l'ennesima volta, i fascicoli delle ragazze scomparse, più quello di Giada.

«Marino… guarda qua… questo nome, non mi ero accorto perché abbiamo letto separatamente i rapporti degli interrogatori dei genitori»
«Fa vedere De Luca… Mariangela Dulbini… cazzo è vero, c'è anche negli altri… aspetta… in quello di Giada però non compare… Mariani, chiama la madre dell'ultima ragazza e chiedi se conosce questa insegnante»
«Vado»
«Bene De Luca… vediamo un po' chi cazzo è questa qui»

Fecero delle ricerche e scoprirono che era una professoressa di italiano… che dava ripetizioni private… e le aveva date a tutte le ragazze scomparse, tranne a Giada.
La madre di Ilenia aveva confermato anche lei.

«Mariani, vai a prendere la Dulbini…»
«Marino, sono quasi le sette di sera… non è meglio domattina, nemmeno sappiamo se c'entra co 'sta storia»

Capobassi ci pensò un attimo.
«Vai a prenderla… e la tengo qui tutta la notte se serve»

## Scena venticinque

Una donna, sulla sessantina, capelli lisci, faccia da cavallo e seno prominente, vestita come fosse ancora negli anni Settanta, seduta su una scomodissima sedia della sala interrogatori della Questura Trastevere… si stava guardando in giro.
L'espressione era di quelle preoccupate. Erano due ore che l'avevano prelevata da casa sua e non le avevano ancora detto niente.
La porta della saletta si aprì.
Capobassi entrò e si sedette di fronte a lei.
Appoggiò sul tavolo la cartellina rosa che aveva in mano, si assicurò che la donna avesse visto il proprio nome scritto bello in grande e l'aprì.

«Mariangela Dulbini… è il suo nome? Lo conferma?»
«Sì, ma vorrei sapere perché sono qui»
«Chiariamo subito una cosa… io domando lei risponde… chiaro!»

La donna arrossì e abbassò lo sguardo.

«Bene… ci risulta che ha dato lezioni private a queste ragazze…»

Capobassi mise davanti alla donna le foto delle giovani.
La Dulbini le guardò e fece un cenno di assenso con il capo.

«Sì… come a tante e tanti altri studenti»
«Bene… conosce anche questa?»

Mise la foto di Giada davanti alla professoressa.

«No… mai vista»
«Ci risulta che è stata sospesa dall'insegnamento a causa
di una denuncia per molestie sessuali… esattamente
dieci anni fa… cosa mi può dire al riguardo?»

La donna strinse i pugni.

«È una vecchia storia che mi ha rovinato la vita… non
era vero niente e poi la denuncia fu ritirata…»
«Vero, ma ci risulta che fu fatto con l'accordo che non
avrebbe più insegnato in nessun Istituto… è corretto?»
«Sì, è corretto»
«Però lei ha continuato a dare lezioni private, mi
sembra»
«Non faceva parte dell'accordo, si parlò solo di
insegnare nelle scuole… non ho fatto niente di male»
«E… mi dica… chi fu a sporgere denuncia nei suoi
confronti?»
«I genitori di due mie allieve»
«Capisco… signora Dulbini…»
«Professoressa…»

Capobassi la guardò.

«Signora Dulbini… ha mai avuto attenzioni particolari
per le ragazze nelle foto?»

«Ma come si permette… io sono una persona integerrima…»
«Risponda alla domanda e non rompa i coglioni, anche perché mi sto stancando»

La donna lo guardò allibita. Gli occhi le si inumidirono.

«No, mai»
«Ha mai fatto il nome di queste ragazze a qualcuno?»

La donna ora era quasi in stato di panico. Le mani le cominciarono a tremare.

«No, mai»

Il Vicequestore prese le foto dal tavolo, le mise nella cartellina e la chiuse.

«Bene… per adesso può andare, se avremo bisogno glielo faremo sapere… non lasci Roma senza avvisarci»

Uscita la donna, Capobassi chiamò Mariani.

«Falla seguire, metti sotto controllo il suo cellulare… sì lo so, non abbiamo l'autorizzazione, ma non me ne frega un cazzo, non sto cercando prove per il tribunale sto cercando quattro ragazzine in mano a un branco di psicopatici»

## Scena ventisei

La serata era ancora fredda e piovosa. Giulia arrivò a casa al solito orario. Nessun profumo di cibo, nessun rumore, tutte le luci spente… solo quella dello studio era accesa.

«Arcky… ci sei?»
«Sì sì… sono qui, arrivo subito… ma che ore sono?»
«Le venti e dieci… non ceniamo questa sera?»
«Porca troia, me so scordato… risolvo subito, tu cambiati io apparecchio e scaldo le lasagne di Cesira»

Giulia scosse la testa e andò verso la camera da letto. Quando arrivò in cucina, circa una ventina di minuti dopo… la tavola era apparecchiata e la stanza profumava di sugo e parmigiano.

«Giornata pesante, Paolo Arcantes?»
«Abbastanza, questa cosa delle ragazze scomparse è davvero un mistero… ma forse vedo una luce… ti do io o ti servi da sola?»

Giulia gli sorrise e gli mandò un bacio.

«Ok, ti servo io»
«Grazie mon amour»

La donna prese una forchettata di lasagna e la mise in bocca…

«Hai detto che forse hai visto una luce… che intendi?»
«Sono stato nell'appartamento dove pensiamo siano le ragazze…»
«Fatto casino?»
«No… ho usato un mio vecchio alias: Arturo Demirali… e mi sono spacciato per uno studioso delle casate nobiliari romane»
«E ti hanno creduto?»
«Claro che sì… ho anche filmato la casa… domani chiedo a Marino di far vedere il video a Giada… e se riconosce la casa… bingo»
«Astuto come una volpe l'amore mio»

Lisciato sull'ego, Arcantes sorrise e riempì il bicchiere di Giulia con del Morellino.

«Rimane una cosa da capire… chi ha organizzato la cena… non credo c'entri il conte»
«Conte?»
«Il proprietario dell'appartamento è il conte Alfiero Castiglioni… avrà quasi novant'anni e si regge a malapena sulle gambe… lo stesso vale per il suo maggiordomo… in effetti sembra che quell'appartamento sia pressoché disabitato, a parte le stanze dove vive il vecchio…»
«Bel casino»
«Già, ma c'è un'altra cosa… uno dei tizi che Giada ha descritto… è stato visto entrare proprio nel portone che conduce all'appartamento»

Giulia, finito la lasagna nel piatto si guardò in giro.

«Che cerchi? Basta pasta… era anche abbondante»
«Uffa… un po’ di crostata… c’è?»

Arcantes aprì uno sportello della credenza e prese un piatto con sopra una torta di mele.

«Cesira ha fatto un dolce diverso… ti va bene ugualmente?»
«Santa donna… santa donna…»

Risero entrambi, presero due piattini con una fetta di torta ciascuno, due bicchieri di Morellino e andarono sul divano. Giulia fece partire lo stereo e una dolcissima musica jazz inondò la casa.

## Scena ventisette

Ore otto e trenta di una mattina grigia e nuvolosa. Quattro uomini erano riuniti nell'ufficio del Vicequestore Marino Capobassi.
Tutti avevano in mano un bicchierino di plastica con nel caffè. Sui vetri, un po' di condensa impediva di vedere nitidamente fuori.

«Bene, vi ho fatti venire tutti per cercare di fare il punto della situazione… allora, sappiamo che sono state rapite quattro ragazze, sappiamo che tre di loro, ora quattro, frequentano l'Istituto Alberghiero, sappiamo che Giada, la ragazza scappata, non è mai andata in quella scuola… però lavora come aiuto nell'osteria dei genitori… quindi comunque nel settore ristorazione… sappiamo che, molto probabilmente, sono rinchiuse in un appartamento sito in Vicolo delle Bollette… primo piano e sappiamo che questo appartamento è la scena dove si è svolta la maledetta cena dove le ragazze sono state stuprate… lo sappiamo perché grazie a una visita di Arcantes all'appartamento, dove ha filmato la casa, Giada ha riconosciuto il posto tramite il video… sappiamo anche che uno uomo, detto lo chef, è entrato nel portone che porta anche a quell'appartamento… chiaro fin qui?»

Tutti assentirono… Arcantes chiese la parola.

«Dimmi»

«C'è anche da dire che, secondo me, c'è uno schema
per cui hanno preso proprio quelle ragazzine»
«Cioè?»
«Ci arrivo De Luca, ci arrivo… dai fascicoli risulta che
frequentano indirizzi diversi: Sonia enogastronomia,
studia da chef… quindi, cucina… Monica Servizi di
Sala… serve a tavola… Marina invece accoglienza e
Giada ci ha detto che infatti fu lei ad accogliere gli
ospiti e a servire a tavola… poi c'è Giada… pratica di
lavaggio stoviglie… è uno schema, hanno riprodotto
i ruoli di un ristorante… non dimentichiamo lo
chef, di cui non sappiamo ancora il nome… quindi,
riassumendo: chef, aiuto chef, servizio in sala e
accoglienza… aiuto cucina-lavapiatti»

Mariani, De Luca e Capobassi si guardarono…

«Cazzo… hai ragione, non le hanno prese a caso»
«No Marino, direi proprio di no… sul fatto che
siano in quell'appartamento… ne sono quasi certo,
quando ci sono andato ho notato che il riscaldamento
era davvero pesante, tanto che il conte si è tolto la
copertina che aveva sulle gambe…»
«Questo cosa c'entra?»
«Giada ha detto che erano sempre nude… non possono
farle ammalare e quindi hanno alzato la temperatura
della casa… sono lì, ne sono sicuro»

Capobassi si mise a tamburellare con le dita sulla
scrivania.
Poi, si alzò e andò alla finestra, l'aprì un poco e si
accese una sigaretta.

De Luca aprì una cartellina e prese dei fogli con delle planimetrie, le mise sul tavolo e si mise a guardale. Capobassi si voltò...

«Cosa guardi?»
«La disposizione della casa... gli appartamenti al secondo piano sono intersecati tra loro... e sono di circa 120 metri quadrati l'uno, troppo piccoli per creare una stanza dove tenere quattro ragazze... mentre quello del conte è di 298 metri quadri... e da quello che abbiamo visto dal filmato di Paolo, c'è una cucina perfettamente attrezzata... non basta questo per un mandato?»

Capobassi fece spallucce.

«Non lo so... sentirò il Questore... ok, ci aggiorniamo... nel frattempo abbiamo novità sulla Dulbini?»

Mariani prese un taccuino.

«Da quando è uscita da qui ieri sera... è rimasta a casa, niente telefonate, per lo meno non dal cellulare intestato a lei»
«De Luca... sei ancora in contatto con quel ragazzo?»
«Intende Tommaso... l'hacker?»
«Sì... e mi deve anche diversi favori»
«Bene... portalo qui e digli che deve fare una cosa per noi... non cagasse il cazzo che lo sbatto dentro»

De Luca sorrise e uscì dalla stanza. Lo stesso fece Mariani.

Capobassi fece cenno ad Arcantes di sedersi.

«Come vanno gli appostamenti del tuo amico?»
«Fosse per lui avremmo già tirato fuori da lì le ragazze e risolto il caso»
«Sì, ma non possiamo muoverci in quel modo… ha scoperto altro?»
«No, ma ha un piano per la prossima cena»
«Quale?»
«Meglio che non lo sai… ma niente spargimenti di sangue, me lo ha promesso»

Capobassi sorrise, finì il caffè, ormai freddo, e con una smorfia di disgusto gettò il bicchierino nel cestino.

## Scena ventotto

Una donna con la faccia da cavallo apparve sul monitor di Tommaso.

«De Luca... ci siamo... sono nel suo PC e si sta connettendo a un sito del deepweb»
«Che sito è?»
«Sesso online... a pagamento... vieni a vedere»

L'Agente si mise dietro il ragazzo e guardò il monitor.
La donna cominciò a spogliarsi... si passò le mani sui seni e la lingua sulle labbra.
Nella videochat a fianco, qualcuno stava impartendo ordini... che la donna eseguì.

«Ma che schifo è?»
«Video chat erotiche... la tardona ha pagato una ragazzina... e si fa dare ordini, probabilmente le piace fare la schiava»
«Ma la giovane è maggiorenne?»
«E io che ne so? Giovane è giovane... potrebbe avere diciotto... diciannove o anche diciassette anni, bisognerebbe sentire quelli del sito, ma non penso abbiano sede in Italia»
«Ok, fammi sapere se esce qualcosa di nuovo... stai registrando?»
«Ovvio... ti chiamo appena la finisce di fare la maiala»

Mezz'ora dopo, la professoressa si scollegò dalla video

chat. Sul monitor apparve solo lei. Si rivestì e andò in un'altra stanza.

Tommaso chiuse il collegamento con la webcam della donna e cominciò a curiosare tra i file.

Cartelline con foto porno, tutte di ragazzine molto giovani... documenti di word riguardanti alcune studentesse cui dava lezioni private e qualche video.

Ne aprì uno a caso.

La videocamera inquadrava una grande sala da pranzo. Il tavolo era perfettamente apparecchiato.

Una ragazza comparve nell'inquadratura... era nuda, con solo un grembiulino nero e una crestina bianca tra i capelli. Si avvicinò al tavolo e vi appoggiò due brocche in vetro con dentro del vino rosso.

In sottofondo si sentì un "muoviti stronza", poi la giovane sparì dall'inquadratura e il video finì. Guardò anche gli altri, più o meno uguali, si vedevano le ragazze apparecchiare... ma niente riguardo la cena.

«De Luca... guarda qui...»

L'Agente si mise dietro Tommaso che fece partire, uno dopo l'altro i filmati.

«Bene... scaricali... io chiamo Capobassi»

Il Vicequestore visionò i video e fece un cenno di assenso con il capo.

«Bene, ora sappiamo anche che la cena è stata filmata... quindi, da qualche parte ci sarà la registrazione... ottimo lavoro»

**Scena trenta**


Pioggia, pioggia fitta. Erano tre giorni che non aveva mai smesso di piovere.
Il clochard all'angolo di Vicolo delle Bollette vide arrivare lo chef carico di spesa. Entrò nel portone, aprendo con le chiavi e lo richiuse alle sue spalle.
Il cellulare di Arcantes squillò.


«La cena è per questa sera»
«Sicuro?»
«Praticamente certo… io parto con il piano, poi vediamo come si mette… tu cerca di mandare qualcuno a fare una perquisizione, che magari evitiamo tutto il casino»
«Sento Marino»


Chiuse con Teocoli e chiamò Capobassi.


«Dimmi»
«Sembra che la cena sia per questa sera»
«Cazzo… comunque ho il mandato, tre miei Agenti stanno andando, io li raggiungo subito»


Il citofono di casa Castiglioni suonò.


«Chi è?»
«Polizia, apra»
«Attenda»
«Attenda un cazzo… apra questa porta!»

Uno scatto elettrico fece socchiudere leggermente il portone.
Capobassi e i tre Agenti di Polizia andarono diretti al primo piano.
Picchiarono sul portone e suonarono il campanello.
Il maggiordomo del vecchio padrone di casa aprì.

«Prego… il signor conte è in biblioteca… seguitemi»

Capobassi entrò e spostò il vecchio maggiordomo.

«Voi due a destra… tu Aglieri vieni con me»

Dalla stanza della biblioteca si sentì una voce.

«Sono qui… ma dove andate, non potete girare per casa mia… Goffredo, chiama l'avvocato»

Il Vicequestore arrivò sulla soglia della porta e guardò il vecchio conte.

«Qui c'è il mandato, chiami chi cazzo le pare… dai ragazzi cercate bene»

Gli Agenti controllarono tutto l'appartamento, senza trovare niente. Dopo un'ora si riunirono all'ingresso.

«Niente signor Vicequestore… non c'è traccia delle ragazze e nemmeno dello chef… la casa è pulita»

Capobassi ebbe un moto di stizza. Scese le due rampe di scale e uscì in strada.

"Dove cazzo sono? Dove cazzo sono?"

Salì sulla Volante e tornò in Questura.
Nella piccola stanza, insonorizzata, quattro ragazze,
nude, stavano abbracciate una con l'altra. Di fronte a
loro… lo chef, le guardò sogghignando.

## Scena trentuno

Alle diciassette e trenta, sei poliziotti, in borghese, entrarono nell'ufficio del Vicequestore Capobassi. Due donne e quattro uomini.

«Questa è un operazione non ufficiale, chi non se la sente può andare… non ci sono problemi… chi resta deve sapere che non stiamo agendo legalmente… ufficialmente non stiamo proprio agendo… sono stato chiaro?»

Tutti risposero di sì.

«Bene… le istruzioni dell'operazione le avete, studiatele bene, ci vediamo tra un'ora sul posto… tutto chiaro?»

Altro coro di sì.

Verso le ventuno e trenta, due uomini, vestiti da operai del gas, misero due transenne all'inizio di Vicolo delle Bollette… davanti ad esse un cartello: lavori in corso. Poco dopo arrivò un Daily bianco, che venne fatto passare e parcheggiò quasi di fronte il portone d'ingresso. La strada era praticamente chiusa, si sarebbe potuto entrare solo a piedi.
Il cellulare di Arcantes vibrò.

«Dimmi…»

«Noi siamo in posizione»
«Gli altri li hai visti?»
«Affermativo»
«Non ci resta che aspettare»


La pioggia smise di cadere. Un'Audi nera e una Mercedes grigio metallizzata, si fermarono di fronte alle transenne. Scesero due coppie. Si guardarono in giro e s'incamminarono verso il portone.
Le due auto se ne andarono.
L'Onorevole Manlio Portacchi, la moglie Donata Mariani, seguiti da Giacomo Bertoli e Ambra Chiaromonte, arrivarono davanti alla fiancata del furgone... che si aprì. Quattro uomini scesero. Avevano il viso coperto da un mefisto. Presero di forza le due coppie e le buttarono sul furgone.
La portiera laterale si richiuse.
Imbavagliarono i quattro, bloccarono i polsi con delle fascette nere e li appesero a dei ganci sulla fiancata del furgone. L'onorevole cercò di divincolarsi mugolando. Un pugno al fegato gli fece capire che non era una mossa intelligente.
Teocoli entrò nel portone, seguito dalle due poliziotte e da due Agenti. Suonarono al campanello dell'appartamento del conte.
Il maggiordomo aprì la porta... si trovò in bocca la canna di una Walter PPK silenziata. Teocoli gli fece cenno di non fiatare. Lo prese per un braccio e lo trascinò sul pianerottolo. Lo portò in strada e lo fece entrare nel furgone, dove venne imbavagliato e appeso insieme agli altri.

Una ragazza aveva assistito alla scena con gli occhi sbarrati… Teocoli si mise un dito sulla bocca e la ragazza annuì, poi la prese delicatamente per un braccio e la fece uscire.

Una poliziotta le mise subito addosso una coperta e l'accompagnò in strada, dove venne fatta salire su una Volante, parcheggiata a pochi metri dal furgone.

Lo chef stava finendo di cuocere dei carciofi.

«Ho sentito suonare… Goffredo… sono arrivati gli ospiti?»

Nessuna risposta.

«Marina! Brutta troietta… dove cazzo sei?»

Due braccia forti lo presero al collo da dietro. Due mani si congiunsero una sull'altra… l'attaccatura del pollice della mano destra s'infilò nella carotide dello chef.

L'uomo svenne nel giro di dieci secondi. Teocoli lo trascinò sul pianerottolo e due agenti lo portarono nel furgone. Sonia, Marina e Ilenia vennero fatte uscire e prese in consegna dalle due poliziotte.

Mancava Monica… che era nella sala da pranzo.

Teocoli fece un lieve rumore e la ragazza si girò.

L'uomo le fece cenno di avvicinarsi e stare zitta.

La giovane ubbidì. Teo la spinse verso l'uscita e una delle poliziotte la prese in consegna.

Nella stanza adiacente a quella preparata per la cena… un uomo incappucciato stava guardando un

monitor. Gli ospiti non si vedevano e c'era un silenzio inquietante. Chiuse a chiave la doppia porta e si mise a sedere dietro una scrivania.
Teocoli si diresse verso le stanze del conte.
Lo trovò seduto sulla sua poltrona, intento a leggere un libro. Gli appoggiò la canna della pistola sulla tempia e gli sorrise.

«Seguimi… fiata e ti sparo in testa»

Il vecchio si alzò e insieme andarono verso l'uscita. Finì anche lui nel furgone, che si mise in moto e se ne andò… un altro, uguale parcheggiò al suo posto.
La radio di Teocoli gracchiò.

«Manca l'incappucciato… non lo abbiamo visto entrare, significa che c'è un altro ingresso… occhio che non scappi»

Due click fecero intuire cha aveva capito. Spense la radio e andò verso la fine del corridoio, facendo attenzione a non entrare nel cono di ripresa delle telecamere della sala da pranzo.
Si guadò in giro.
Sulla sinistra una porta introduceva nelle stanze del conte… ma lì non c'era più nessuno… rimaneva solo una porta a destra… e quella doppia che dava sulla grande sala.

"Bene… il bastardo è lì dentro"

L'incappucciato ormai aveva capito che qualcosa non stava andando secondo i piani. Si alzò e andò verso una porticina interna.
Teocoli sentì il rumore di una serratura che si stava aprendo.
Diede un calcio alla porta in corridoio ed entrò nella stanza. L'incappucciato stava infilandosi in un pertugio che portava a delle scale interne.

«Fai un passo e ti rendo tetraplegico»

L'uomo si girò e alzò le mani.

«Mani sulla testa e girati»

Teocoli gli si avvicinò… prese un cordino, glielo fece passare sotto la gola e gli legò le braccia dietro la schiena.

«Più ti agiti e più ti strangoli… ora ti faccio una domanda e non la farò due volte… hai capito»

L'uomo fece un cenno affermativo con il capo.

«Dove tenevi le ragazze?»

L'incappucciato fece spallucce. Teocoli gli diede un tremendo colpo sul setto nasale, che si ruppe facendolo grondare di sangue.
Martino mise la canna della pistola sulla fronte dell'uomo.

«Aspetta aspetta… tieni, è il telecomando per aprire
la parete»

Teocoli lo prese per un braccio e lo portò in
corridoio… pigiò sul tasto del telecomando e la parete
che chiudeva il corridoio si aprì lateralmente.

«Dove hai messo il filmato della cena?»
«In un hard disk esterno»
«Dammelo»

Fece cenno che lo aveva in tasca.
Teocoli tastò l'uomo come a perquisirlo. Sentì un
rigonfiamento nella tasca interna della giacca… infilò
la mano sinistra e prese la memoria portatile.

## Scena trentadue

La pioggia aveva ricominciato a cadere. Trastevere era desolatamente vuota. Qualche avventore nei localini… qualche gruppetto di ragazzi schiamazzanti, ma niente di più.

Le ragazze furono portate al Fatebenefratelli, dove la dottoressa Mancini le visitò… supportata dalla psicologa Fabiana Siniscalchi.

I genitori furono tutti avvisati e stavano aspettando nel corridoio del Pronto Soccorso.

Le due coppie degli ospiti, il conte, lo chef e il maggiordomo, furono portati in Questura e messi in stanze separate.


«Signor Alfiero Castiglioni… la sua posizione non è delle migliori…»


Il vecchio tossì un paio di volte.


«Dov'è il mio avvocato?»

«Lo vedrà appena avrà risposto alle mie domande… ho tutta la notte, non si preoccupi… certo che se collabora e visto la sua età…»

«Non so niente di quello che facevano… ho solo affittato la casa un paio di volte»

«Non dica bugie… perché lo ha fatto?»

«Per soldi… che altro se no?»

«Capisco»

«No… non credo… ho perso tutto per salvare mio

figlio, ma non è stato abbastanza… mantenere una casa come quella costa»
«Quindi ha pensato bene di lasciarla in mano a qualcuno che ha fatto stuprare e rapire cinque ragazzine… lei mi fa schifo… Ghilardi, portalo via o gli metto le mani addosso»

Il secondo a essere interrogato fu il maggiordomo.
Capobassi aprì una cartellina rosa. Prese un foglio e lo guardò.

«Goffredo De Pompeis… anni settantotto… perché non ha denunciato quello che succedeva in quella casa?»

L'uomo abbassò lo sguardo.

«Non potevo, ci sarebbe andato di mezzo il signor conte… lavoro per lui da più di cinquant'anni…»
«Sarà incriminato per favoreggiamento e complicità… credo che non vedrà più la luce del sole… a parte l'ora d'aria… sa cosa fanno alle persone come lei in carcere?»

Il maggiordomo si mise a piangere… raccontò tutto quello che era successo nell'appartamento e poi si mise le mani sul volto.
Un Agente lo prese e lo fece portare in una delle celle della Questura.
Capobassi si alzò e uscì dalla stanza degli interrogatori.
Andò nel suo ufficio e si accese una sigaretta.

"Che brutta storia… che mondo del cazzo"

Finito di fumare, buttò il mozzicone dalla finestra e chiamò Ghilardi.

«Porta quel pezzo di merda dello chef al buco»

L'uomo fu fatto entrare in una piccola stanzetta, senza finestre e senza lo specchio… il Vicequestore entrò, guardò l'uomo che incrociò e sostenne lo sguardo.

«Giacomo Marinelli… è il suo nome? È corretto?»

L'uomo non rispose.
Capobassi si alzò dalla sedia di fronte a quella dove stava lo chef… che era ammanettato al tavolo.
Si mise dietro di lui… e con un gesto violento gli tolse la seduta da sotto il sedere… l'uomo andò a sbattere la faccia sul pianale del tavolo.
Un po' di sangue gli scese dal naso.
Il Vicequestore lo prese per i capelli e lo fece rialzare, gli infilo sotto il culo la sedia e lo rimise a sedere.

«Te lo ripeto… è corretto che ti chiami Giacomo Marinelli»
«Sì… è corretto»
«Bene… vedo che hai precedenti per molestie sessuali… cosa che ti ha stroncato la carriera… è corretto?»
«Sì»
«Bene… chi ti ha ingaggiato per cucinare alle cene?»
«Non lo so»

Capobassi lo guardò e si alzò nuovamente.

«Aspetti aspetti... davvero non lo so... sono stato contattato via e-mail e pagato sempre in anticipo... mi hanno mandato le foto delle ragazze da prendere e detto dove trovarle»

Marino si sedette.

«Quelle che frequentavano l'Istituto lo capisco... ma la ragazzina dell'osteria?»
«Lei no... l'ho notata io una volta che sono andato a mangiare lì... ne mancava una e l'ho scritto all'incappucciato, che mi ha pagato anche per lei»
«Quindi sei stato tu a rapirle?»
«Sì»
«Sei un cazzo di sadico di merda... ti rendi conto cosa hai fatto a quelle ragazzine?»
«Sì... ma sono malato... è più forte di me»

Capobassi chiuse la cartellina del fascicolo di Marinelli e lo fece portare in cella.
La notte si era fatta nera e cupa. La pioggia cadeva a intermittenza su quella brutta, bruttissima storia.

## Scena trentatré

Giacomo Bertoli e Ambra Chiaromonte, vennero rilasciati. A loro carico non c'erano reati contestabili. Vennero letteralmente buttati fuori dalla Questura. Il cielo sembrò volerli punire... appena in strada un violento scroscio di pioggia li investì, inzuppandoli.
Donata Mariani era seduta in sala interrogatori... erano le due del mattino.
Capobassi si sedette di fronte a lei e la guardò.
La donna abbassò lo sguardo e arrossì.
Il Vicequestore prese il portatile che aveva appoggiato sul tavolo... aprì il coperchio, fece partire un video... con il mouse si posizionò sul cursore di avanzamento e lo trascinò veloce... poi lo mise in pausa.
Girò il computer verso Donata Mariani... si alzò, si mise dietro di lei e fece partire il video.
La telecamera stava inquadrando la tavolata... due uomini si stavano facendo fare del sesso orale da due ragazzine... due donne, invece, con dei peni di gomma, stavano sodomizzando le altre due giovani.
Capobassi fermò il filmato e con l'indice destro indicò una delle due donne inquadrate.

«È lei questa?»

La donna girò lo sguardo.
Marino la prese per i capelli e la obbligò a guardare l'immagine sul monitor.

«È lei questa persona che sta rovinando una sedicenne?

È lei o no? Certo che è lei… carissima Dama della Carità Mariani Donata, moglie dell'Onorevole Portacchi Manlio… certo che è lei»

La Mariani si mise a piangere e si portò le mani sul viso.

«L'hanno operata questa mattina»

La donna alzò la testa e guardò Capobassi. Lo guardò come se non avesse capito ciò che aveva detto.

«Giada… la ragazza a cui ha lacerato l'ano con un pene finto… l'hanno operata oggi»

Poi, fissò Donata negli occhi.

«Lei è in arresto signora moglie dell'Onorevole… è in arresto e andrà in prigione, che le assicuro, non è un luogo piacevole per coloro che compiono atti come quelli che ha fatto lei… in genere riservano lo stesso trattamento… ah, una cosa… solo un consiglio… quando altre detenute verranno nella sua cella, di notte… non gridi… fiato sprecato, non verrà nessuno a salvarla… Ghilardi… porta via la Dama della Carità per favore»
«Subito signor Vicequestore»

Capobassi chiuse il coperchio del PC portatile, si alzò e uscì da quella saletta in cui cominciava a mancare l'aria.

In corridoio fece cenno a De Luca di avvicinarsi.

«Dimmi Marino…»
«Gli altri due pezzi di merda?»
«Germana Castoldi e il marito Ernesto Mantovani, sono stati prelevati dalla loro villa circa un'ora fa… li vuoi interrogare?»
«Non lo so… mi manca l'Onorevole e ho già il vomito… fammi un favore… manda il filmato ad Arcantes e digli di visionarlo come sa fare lui… digli proprio come ti ho detto io, usa le stesse parole… fammi portare in sala interrogatori il politico… mi prendo un cazzo di schifosissimo caffè e arrivo»
«Ok»


L'Onorevole Manlio Portacchi venne fatto sedere e le manette che aveva ai polsi vennero bloccate a due anelli sul tavolo.
Mezz'ora dopo entrò Capobassi.
L'uomo come lo vide alzò lo sguardo.

«Sono un Onorevole dello stato italiano, lei non può trattarmi in questo modo… i miei avvocati le faranno passare le pene dell'inferno»

Capobassi lo guardò e sorrise… fece cenno a Ghilardi di dargli le chiavi delle manette. Le prese e le aprì.

«Può andare Onorevole… se ne va o no?»

L'uomo lo guardò e fece un mezzo sorriso. Si passò le mani sui polsi e si sistemò la giacca.

«Mia moglie?»
«Lei no… è in arresto… vada via per cortesia, lasci la Questura e se ne torni a casa»

Manlio Portacchi si alzò e si diresse verso l'uscita… poi, si girò verso Capobassi.

«Bene, bene… lei è una persona intelligente…»
«No no… è che me so cagato addosso per le sue minacce… signor Onorevole… adesso si levi dai coglioni»

## Scena trentaquattro

Ore quattro della mattina. All'Onorevole Portacchi erano stati sequestrati due cellulari.
All'uscita, il politico chiese al piantone di chiamargli un taxi… ma la risposta fu: non siamo in albergo, questa è una Questura, se ne vada per favore.
L'uomo uscì in strada, si alzò il bavero del cappotto, che gli avevano ridato prima di mandarlo via… faceva freddo e pioveva. S'incamminò e prese direzione Lungotevere, nella speranza di trovare un taxi.
Un gruppetto di ragazzotti… tatuati con svastiche e croci celtiche lo avvicinò.

«A bello… che c'hai d'accenne?»

L'onorevole li guardò e fece per andarsene.

«O… che fai? Nun risponni? A 'nvedi che maleducato»

Il ragazzone gli diede una spintarella.
Portacchi fece per tiragli un pugno… una coltellata lo raggiunse alla coscia destra… un'altra gli lacerò il tricipite.
Cadde a terra l'Onorevole… cadde a terra e tutto diventò confuso e sfocato. Una serie di calci lo colpirono in faccia e sulla schiena. Uno di loro passeggiò sulla mano destra dell'uomo… rompendogli le falangi.
Portacchi non si mosse più… e una pozza di sangue cominciò ad allargarsi sul marciapiede.

Un clochard, che aveva visto tutta la scena, si alzò dal suo posto vicino al muro e andò verso il gruppetto.
Guardò l'onorevole… e diede una mazzetta di euro al ragazzone che stava di fronte a lui.
Sorrise e se ne andò verso un furgoncino bianco parcheggiato a qualche decina di metri.
Salì, mise in moto e fece partire i tergicristalli.

## Scena trentacinque

Ore quattro e trenta. Arcantes stava visionando il filmato che gli aveva inviato De Luca.
Giulia si svegliò… si alzò e andò verso lo studio, dove la luce era accesa.

«Ancora lavori?»
«Non entrare… per favore»

La moglie lo guardò… ed entrò.

«Dirti di non fare una cosa è come avere la certezza che la farai, vero?»

Giulia sbadigliò, si stiracchiò e sorrise.

«Sì… che stai guardando?»
«Una cosa che è bene che tu non veda»
«Perché?»
«Perché fa male amore mio… tanto male»
«Voglio vederla lo stesso»
«Come vuoi… vieni, siediti…»

Arcantes fece ripartire il video.
Giulia guardò per circa un minuto… poi, grosse lacrime le scesero sulle gote.

«Basta, non posso guardare… vuoi un caffè?»

«Se non ci metti il sale, sì… grazie»

Tra le lacrime, Giulia fece un sorriso.

«Scemotto… te lo porto»

Arcantes tornò a visionare il filmato fino a quando tutti scomparvero dalla grande sala da pranzo.
Guardò quanto mancasse alla fine, dieci minuti e venti secondi.
Lo lasciò proseguire… tre minuti, quattro, cinque, sei… sette, otto e… tombola.
Da dietro uno dei tendoni delle grandi finestre, uscì una donna… sulla sessantina, capelli lisci e faccia da cavallo.
Salvò il fotogramma, se lo inviò sul cellulare e lo mandò a Marino.

Giulia arrivò con una tazza fumante. La diede al marito e si mise con le braccia conserte… quasi ad abbracciarsi da sola.
Arcantes ne bevve un sorso.

«Mazza che buono»
«Ti piace? L'ho dolcificato con un po' di crema di cioccolato»
«Grazie amore mio… torna a letto dai, finisco il caffè e vengo anch'io»
«Non ho più sonno… voglio andare a fare due passi»
«Adesso?»
«Adesso…»

Si vestirono e uscirono. Roma stava cominciando a prendere i colori dell'alba... che quella mattina sembrava meno grigia.

## Scena trentasei

I lampeggianti di un'ambulanza stavano illuminando il punto del Lungotevere dove si era fermata. Qualcuno aveva visto un uomo a terra e aveva chiamato il 118.
I paramedici si assicurarono che fosse ancora vivo… poi, lo caricarono su di una barella e a sirene spiegate andarono verso il Pronto Soccorso del Fatebenefratelli.
Lo portarono subito in sala operatoria… due colpi di arma da taglio, faccia devastata, la mano destra fratturata e possibili lesioni alla spina dorsale.
I due Poliziotti di Servizio presero i documenti dell'uomo… li visionarono e si guardarono in faccia.

«Avvisa il Vicequestore…»

Capobassi, dopo circa dieci minuti entrò al Pronto Soccorso. Guardò l'ora: 05:30. In fondo al corridoio vide la dottoressa Mancini, che lo riconobbe e lo salutò avvicinandosi.

«Ancora qui?»
«Eh… però questa volta con più sollievo»
«Che vuol dire?»
«Niente niente… senta… Giada come sta?»

La donna lo guardò storto… ma poi gli sorrise.

«Molto meglio… ieri sera si è alzata, non può ancora magiare ma sta riprendendosi»

«Posso vederla? Due minuti... giuro... mi bastano due minuti»
«Ma ha visto che ore sono?»
«Due minuti...»
«Mi faccia sentire la caposala...»

La dottoressa Mancini prese il cellulare...

«Susy... Giada... è sveglia per caso?»
«È un grillo quella ragazzina... perché me lo chiedi?»
«C'è qui il Vicequestore Capobassi... vorrebbe vederla... lo faccio salire?»
«E fallo salì... almeno la tiene bona»

Cinque minuti dopo, Marino entrò nella camera di Giada... che appena lo vide gli sorrise, girandosi verso di lui.

«Che ci fa qui a quest'ora? Vuole un biscotto? Sono buoni sa...»

La ragazza prese un contenitore trasparente e lo porse a Capobassi... che la guardò e sorridendole gli si inumidirono gli occhi.

«Li abbiamo presi Giada... tutti... non faranno più del male a nessuno»

La ragazzina si mise seduta sulla ciambella gonfiabile e guardò il Vivequestore. Poi si girò, mise le gambe giù dal letto e gli porse le mani.

«Mi aiuta ad alzarmi per favore?»

Marino la prese per i polsi e la tirò verso di sé. Giada lo abbracciò forte… gli accarezzò il viso, lo toccò sulla faccia… passò le sue dita sugli occhi di quell'uomo…

«Quando mi sposerò voglio una persona come lei al mio fianco… una persona buona… ma decisa e che sappia proteggermi… posso darle un bacio sulla guancia?»

Capobassi si abbassò un po' e mise il viso vicino a quello della ragazza… che prima di dargli il bacio gli sussurrò un grazie all'orecchio.
Marino la strinse a sé e le accarezzò i capelli.

«A letto adesso… e non fare arrabbiare le infermiere… promesso?»
«Promesso… davvero non vuole un biscotto?»
«Davvero… ci vediamo in Questura appena starai bene… perché verrai a trovarmi vero?»
«Ci può contare signor Vicequestore»
«Ah… una cosa… mi chiamo Marino e ho una figlia un po' più piccola di te… oltre a un maschietto terribile… Marino, ricorda… non Vicequestore»

Giada si mise in bocca un biscotto, si sedette sul letto e si mise le cuffiette nelle orecchie.

«Ciao Marino… ci vediamo in Questura… tra qualche giorno… spero»

Capobassi le sorrise e uscì dalla stanza.

## Scena trentasette

Ore cinque e quaranta. La professoressa Mariangela Dulbini venne arrestata a casa sua.
In quella mattina, che si stava svegliando sotto un cielo leggermente azzurro… la donna venne portata in Questura a Trastevere.
Capobassi la interrogò e la mise in stato di fermo aspettando la decisione del Giudice.
Arcantes e Giulia entrarono in Questura.


«Il Vicequestore è in ufficio?»
«Sì, è appena rientrato»
«Grazie»


Bussarono alla porta dell'ufficio di Capobassi ed entrarono.


«Possiamo?»
«Oh… mattina meravigliosa… entrate dai… caffè?»


Giulia lo guardò.


«Della macchinetta? No grazie…»


Marino fece una risatina e gli indicò di sedersi.
Arcantes rimase in piedi.


«Allora? Caso chiuso? Presi tutti?»
«No… l'incappucciato è sparito»

«Cazzo… come è stato possibile?»

Il Vicequestore sorrise.

«Ho detto che è sparito… non che non lo abbiamo preso»
«Ho capito»
«Mi fate capire anche a me?»

Giulia li guardò in faccia.

«Durante l'esfiltrazione delle ragazze… era rimasto nell'appartamento solo l'uomo misterioso… che credo abbia preso il tuo amico, solo che è scomparso dai radar… di certo non ci mettiamo a cercarlo… anche perché non sappiamo nemmeno chi sia il famoso incappucciato»

## Scena trentanove

Ore sette e quaranta. Roma, riva bassa del Tevere.
Un ragazzo stava facendo una corsetta insieme al suo
cane, un Labrador color miele.
Il giovane, sui trent'anni, si fermò a prendere fiato
piegandosi in avanti. Il cane proseguì per una ventina
di metri, poi, si fermò e cominciò ad abbaiare.
Appeso a una impalcatura, che veniva utilizzata per
la pulizia dei muraglioni... il corpo di un uomo
incappucciato.
Il bianco della camicia era sporco di sangue... il
mignolo e l'anulare della mano sinistra erano spezzati.
Nel taschino della giacca aveva un biglietto scritto a
mano.
Dopo mezz'ora, i lampeggianti di due Volanti si
stavano spandendo sui muraglioni del Tevere.
Gli uomini della Scientifica stavano facendo i primi
rilievi.
Uno degli Agenti fece una foto con il cellulare al
morto e la inviò al Vicequestore.
Capobassi la scaricò e la guardò.

"Nemmeno gli ha tolto il cappuccio... non gli
interessava sapere chi fosse... ma lo ha punito per
quello che ha fatto... io però sono curioso, vediamo
di capire chi cazzo era l'incappucciato..."

Capobassi si fece lasciare dalla Volante all'ingresso
della discesa per la riva bassa... fece circa un

centinaio di metri e arrivò sulla scena del ritrovamento.
Salutò l'Agente che gli sollevò il nastro delimitante la scena del crimine e si avviò verso la struttura in metallo, dove ancora era appeso l'uomo misterioso.

«Oh… ecco il nostro Vicequestore»
«Ciao Biragli… che mi dici?»
«Che vuoi che ti dica, ancora non si decidono a tirarlo giù… mi hanno fatto venire di corsa e poi mi fanno aspettare… mortacci loro…»

Capobassi andò verso il Tevere. Si accese una sigaretta e si mise a guardare l'acqua che scorreva calma e tranquilla. Il verso di alcuni gabbiani gli fece alzare lo sguardo al cielo… era quasi azzurro.
Buttò il mozzicone della sigaretta e tornò verso l'anatomopatologo.
Il corpo era stato rimosso dal ponteggio in tubi rossi e adagiato a terra, sopra un grosso telo bianco.
Il Dottor Biragli era chino sul corpo… si girò per cercare Capobassi.

«Marino… vieni un po' qui per favore…»

Il Vicequestore gli si avvicinò e guardò dove stava indicando il Medico Legale.

«Ancora devo togliere il cappuccio… ma guarda queste dita della mano sinistra… mignolo e anulare sono spezzati… gli hanno staccato le falangi…»

132

«Carlo…»

L'anatomopatologo alzò la testa verso il vecchio amico.

«Dimmi, ma fa in fretta che mo je levo er cappuccio…»
«Carlo, ascoltami… ascoltami attentamente…»

Biragli si alzò e guardò Capobassi.

«Così mi fai preoccupare però…»
«Da quanto tempo ci conosciamo?»
«Più e meno vent'anni…»
«Esatto… e ti ho mai interferito nel tuo lavoro?»
«Hai rotto li cojoni… ma interferito mai… perché?»
«Questo è un suicidio»
«Ma le dita spez…»

Capobassi mise la mano destra sulla spalla sinistra del medico legale.

«È un suicidio… lo chiudiamo così questo caso… per favore»

Biragli fece spallucce…

«Contento tu… ma mi devi un favore… e bello grande… ok, leviamo il cappuccio adesso?»

Il Vicequestore fece un cenno di assenso con il capo.
Il Medico Legale levò pian piano il pezzo di stoffa nera dal capo della vittima… facendo attenzione, perché

il sangue si era rappreso e attaccato alla stoffa lucida.

«Ecco fatto… e che cazzo!»

Il volto del morto era completamente irriconoscibile…
il naso era una poltiglia grumosa, dalla quale spuntava
qualcosa di bianco che, probabilmente era un pezzo
del setto nasale. Le orbite oculari erano nere… la
mascella pendeva tutta a sinistra, segno che era stata
colpita violentemente da destra… le ore passate dalla
morte e le tumefazioni… rendevano quel volto una
maschera senza senso.
Capobassi lo guardò… l'osservò bene, cercando
di focalizzarsi su qualche particolare che lo potesse
aiutare a individuare chi fosse l'organizzatore di quella
brutta storia, ma… niente, così conciato poi, non gli
ricordava nessuno in particolare.
Un Agente della Scientifica, nella sua tuta bianca, si
avvicinò al Vicequestore.
Gli porse un sacchetto di plastica con all'interno un
foglietto, che era stato aperto e riportato steso.
Marino lo ringraziò e lesse il biglietto.

*Io sottoscritto, Ruggero Vallesi*
*Preside dell'Istituto Alberghiero di Trastevere… confesso*
*di aver fatto rapire, seviziare e stuprare cinque ragazze:*
*Monica*
*Marina*
*Sonia*
*Giada*
*Ilenia*

*L'ho fatto per denaro e perché sono un sadico impotente.*
*Ma divido le mie colpe con tutti coloro che mi hanno assistito in questa brutta storia:*
*- Il conte Alfiero Castiglioni, che sapeva benissimo l'utilizzo che avrei fatto della sua casa, tanto che mi ha dato il permesso di costruire la prigione nascosta.*
*- Il suo maggiordomo… Goffredo, che ci ha aiutati a mantenere sane le ragazzine.*
*- Giacomo Marinelli, lo chef, che si è occupato dei rapimenti e ha individuato una delle ragazze da rapire e usare per le cene.*
*- L'Onorevole Manlio Portacchi… che mi ha dato l'idea e ha pagato sessantamila euro per partecipare alla prima cena.*
*- Donata Mariani, moglie dell'onorevole… anche lei partecipe dello scempio sulle ragazzine.*
*- Ernesto Mantovani, amico dell'onorevole Portacchi… presente e attivo durante la cena.*
*- Germana Castoldi, sua moglie… che insieme a Donata Mariani hanno violentato le ragazzine con peni finti.*
*- Mariangela Dulbini… che ha assistito a tutta la serata e mi ha indicato le ragazze da prelevare.*
*Sono un vigliacco, lo so, un essere schifoso… e preferisco morire piuttosto che sottopormi alla Giustizia.*
*Chiedo scusa a tutti.*
*Ruggero Vallesi*


Capobassi si mise in tasca la busta di plastica e andò verso i gradini per tornare sul Lungotevere.

# Scena quaranta

Trastevere era tornata a sorridere. Il brutto tempo si era calmato, facendo intravedere l'arrivo della Primavera.
Il processo a tutti gli imputati di quella brutta storia creò un tam tam mediatico piuttosto eclatante.
Vennero condannati tutti.
Il conte fu costretto a vendere il palazzetto di Vicolo delle Bocchette per pagare i suoi avvocati, che riuscirono a strappare una condanna piuttosto lieve, vista anche l'età del loro assistito, da scontarsi in un Istituto per la salute mentale… così anche per il maggiordomo.
L'Onorevole, che presenziò a tutte le udienze su di una sedia a rotelle… era rimasto paraplegico dopo l'aggressione, fu condannato a dodici anni di carcere, come anche sua moglie, Ernesto Mantovani e Germana Castoldi. La professoressa Dulbini fu internata in una struttura per le malattie mentali.
Quella brutta storia si era conclusa… lasciando l'amaro in bocca a tutti.

## Scena quarantuno

Roma, quella mattina si svegliò sotto un tiepido sole.
I camioncini della nettezza urbana stavano facendo i
loro giri e gruppetti di studenti erano pronti a entrare
a scuola.
Arcantes e Capobassi li stavano osservando… erano
allegri, gioiosi… spensierati.
Giada arrivò di corsa e si buttò letteralmente addosso
al Vicequestore.

«Ciao Marino… che ci fai qui?»
«Siamo passati a salutarti… lui è Paolo Arcantes, è
anche grazie a lui che abbiamo preso…»
«Ok ok ok… non voglio sapere altro… grazie Paolo»

Poi, Giada guardò l'amico poliziotto e gli sorrise.

«Non sei qui solo per salutarmi, vero?»
«No… in effetti no»
«E allora perché?»

Capobassi la strinse a sé e le accarezzo i capelli.

«Volevo ringraziarti per il coraggio che hai avuto…
ragazzina!»

## DELLA STESSA COLLANA

**BOLOGNA**
VITO INTRONA -FRANCESCA PANZACCHI
1 - Gli assassini del fiume

**FIRENZE**
BRYAN TORRIGIANI
1 - Prima partenza
2 - Il pietrificatore

**GENOVA**
ROBERTO COCCHIS
1 - Un'ora al mese

**LONDRA**
GUIDO CORNIA
1 - La camera chiusa
2 - Il tesoro degli Osborne

**MILANO**
ELENA PORCELLI
1 - Fragranza di reato (Prima parte)
2 - Fragranza di reato (Seconda parte)

**NAPOLI**
RAFFAELE CASO
1 - La rosa rossa

**PALAZZOLO ACREIDE**
ADRIANA ANTOCI - GIULIA COSENTINI
1 - Laidam Pecuniam

**ROMA**

FABIO PEDRAZZI

1 - L'Archimandrita

2 - Eriacès Tnias

3 - Coppedè

4 - Giulia la romana

5 - L'invisibile

6 - Alta moda

**TORINO**

ROSANNA DOMINICI

1 - La donna sulla riva del fiume Po

2 - Le voci dal silenzio

**VARO**

STEFANO MICHELETTI

1 - La spirale del gioco

2 - L'eredità nascosta

3 - Veleni

**VERONA**

CLAUDIA FILIPPINI

1 - L'area grigia

2 - I segreti nel cassetto

3 - L'uomo e il cane

4 - La donna perfetta